KB274042

쪼그맣고 커다랗고 귀여운 나나세를
착각 전남친한테서 빼앗아 행복하게 한다

나나세 히요리
어때?!
내 알몸 셔츠
& 가슴 커튼을
본 감상은?!
페티시가 가득해서
야하지?!

손

·········· 안 대?

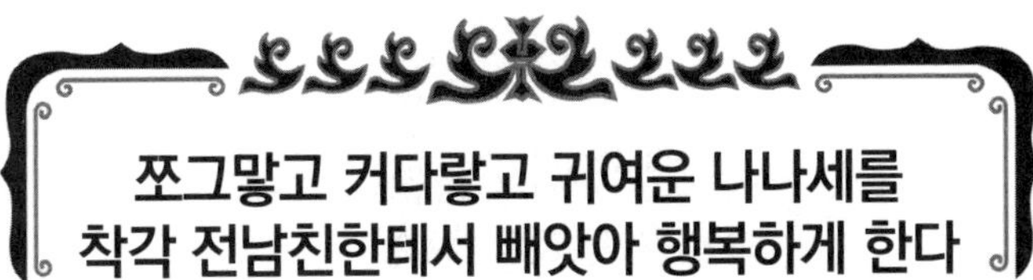

쪼그맣고 커다랗고 귀여운 나나세를 착각 전남친한테서 빼앗아 행복하게 한다

1

카라스마 에이 지음 / 루카와 네기 일러스트 / 박정철 옮김

소미미디어

컬러, 본문 일러스트 | **루카와 네기**

♥Contents♥

서장 버림받은 나나세와 아수라장을 봐버린 나

"무슨 소리야? 자세히 설명해!"

──나, '오가미 유스케'가 그 목소리를 들은 건 단기 아르바이트를 마치고 햄버거 가게에서 포장 상품을 기다리던 때였다.

팽팽한 긴장감과 분노가 느껴지는 목소리에 무심코 돌아본 나는 깜짝 놀라 숨을 죽였다.

가게 구석 쪽 테이블에 같은 반인 '나나세 히요리'의 모습이 있어서였다.

150cm도 되지 않는 작은 몸집과 귀여운 얼굴, 그리고 앳된 느낌이 나는 밝은 분위기와 성숙한 몸매의 소유자로, 남자들 사이에서 제법 인기 있는 여자애다.

나나세는 숏보브컷으로 가지런히 자른 검은 머리카락이 흐트러질 만큼 험악한 표정이었다. 맞은 편에는 같은 반 남자, '코우마 요시히데'가 뒤숭숭한 분위기 속에 앉아있었다.

둘이 무슨 이야기를 하는지 신경 쓰여 모르는 척 귀를 기울이자, 나나세의 떨리는 목소리가 들렸다.

"다른 여자랑 사귀고 있다니, 무슨 소리야? 요시히데, 바람피우고 있었어?!"

"……그렇게 됐어."

나도 모르게 와~ 하는 소리가 입에서 작게 새어 나왔다.

둘이 사귀는 것도 몰랐는데, 바람을 피운 게 들켜서 아수라장이 되는 현장을 목격하다니.

이제 갓 고등학교에 입학한 마당에 그런 관계가 됐을 줄은 전혀 몰랐다. 용케 지금까지 다른 애들에게 안 들켰구나 싶다.

기세가 한풀 꺾인 나나세가 다시 입을 열었다.

"……시무라와 언제부터 사귄 건데?"

"작년 여름쯤부터……."

"작년 여름이면…… 나랑 사귀기 시작했을 때잖아?! 어떻게 된 거야? 걔는 나랑 요시히데가 사귀고 있는 거 알고 있어?!"

"뭐, 일단은……. 처음에는 히요리랑 사귀는 중이라고 거절했는데, 세컨드라도 받아달라고 몇 번이나 고백하길래……."

"그래서 양다리 걸쳤다고? 반년 넘게 날 속이면서?"

나나세의 목소리가 떨리는 양상이 변했다.

아까는 분노로 인해 숨이 차서 목소리가 떨렸지만……지금은 충격을 받은 나머지 망연자실한 느낌이다.

그야 충격이 크겠지. 남자 친구가 반년 넘게 자신을 계속 속였으니.

그런데 그게 충동적으로 피운 바람이 아니라 의도적인

배신이라니, 상관없는 나조차 듣는 것만으로도 화가 난다.

나나세가 나지막이 중얼거렸다.

"……요시히데가 인기 많은 건 알고 있었어. 고등학교에 온 이후로 여자애들이 너한테 적극적으로 다가가는 것도 봤고. 그냥 다른 사람이 좋아진 거면 차라리 이해라도 해. 있을 법한 일이니까. 하지만 이건 너무하잖아……!!"

"자, 잠깐, 히요리가 싫어진 게 아니야. 그저 니나랑 둘 중에서 우열을 정할 수가 없다고 할까, 그게 그러니까……."

"……뭐? 지금 그걸 말이라고 해? 나더러 네 양다리를 알고도 너랑 계속 사귀라고?"

나나세의 목소리에 분노의 감정이 돌아왔다. 그녀의 말대로 양다리가 들통났는데 연인 관계를 깨지 않았으면 한다는 뻔뻔한 소리가 통할 리가 없다.

이미 점원에게 주문한 음식을 받았지만, 둘의 대화가 너무 궁금해서 숨을 죽이고 계속 듣고 있으니 코우마가 놀라운 말을 하기 시작했다.

"그, 있잖아…… 사실은 니나가 그, 나한테…… 가슴 만지게 해줬어."

"……뭐?"

"수험이 끝나고 같은 고등학교에 진학한 축하 기념으로 초대한 적이 있거든. 그때 고등학생이 되면 더 대단한 걸 하자고 이야기했어. 하지만 히요리도 니나한테 지고 싶진 않잖아? 안 그래?”

“………….”

혹시 미친 건가? 싶은 발언이었다. 표정만 봐도 나나세의 마음이 급격하게 죽어가는 걸 알 수 있었다.

남자 친구가 양다리를 걸쳤고, 그걸 계속 속여왔으며, 바람 상대와 그런 짓까지 했다는 이야기까지 들었으니, 보통 상처가 아니겠지.

이제는 나라도 끼어들어서 대화를 끊어야 하나 고민이 들 지경이었지만, 그러다 더 꼬이면 곤란해진다. 그런데 내가 망설이는 사이, 코우마가 그녀의 마음에 최후의 일격을 날렸다.

“그, 그렇게까지 충격받은 건 히요리도 아직 날 좋아해서 그런 거잖아? 그러면…… 적어도 가슴은 만지게 해줘.”

“……뭐?”

“니나와는 어쩌다가 분위기가 흘러서 나도 모르게 만졌을 뿐이야. 하지만 난 히요리가 더 좋아! 히요리가 더 예쁘다고 생각하고, 가슴도 크고! 그러니까, 조금은 만지게 해줘! 나한테 버림받고 싶진 않잖아?! 그렇지?!”

──나는 이날, 사람이 지나치게 화가 나면 도리어 냉정해지는 걸 몸소 깨달았다.

동시에 진심으로 저기서 형편없는 말을 하는 남자에게 자신이 얼마나 심한 짓을 했는지 이해시켜야 한다고 생각했다.

정말 끔찍하게 뻔뻔하다. 게다가 은근히 얼굴과 몸에만 관심이 있다는 뜻이 담긴 말을 했다. 썩어빠졌다고 말할 수밖에 없었다.

그게 바람을 피운 남자가 상처 입은 여자 친구에게 할 말이냐고…… 그렇게 내가 두 사람이 있는 곳에 가서 말하려고 한 그때였다.

“야, 부탁 좀 할게! 진짜 딱 한 번만이라도 좋으니까―― 푸흡?!”

나나세가 테이블 위에 있던 컵의 뚜껑을 열고 코우마에게 촤악 끼얹었다.

셔츠가 푹 젖어 보라색 주스로 물든 코우마가 눈을 휘둥그레 떴다.

고개를 든 나나세가 쥐어짜 내는 듯한 목소리로 말했다.

“최악이야……!!”

“앗……?!”

조용히 눈물을 뚝뚝 흘리면서도 아슬아슬하게 버티는 와중에는 그게 기껏이었을 것이다.

그녀는 수많은 생각과 원통함, 분노, 슬픔, 그리고 절망을 담은 한마디를 중얼거린 후, 그대로 가게를 뛰쳐나가 버렸다.

“히, 히요리……!”

코우마가 그녀의 이름을 불렀지만, 결국 쫓아가지는 않았다. 표정을 보니 이제야 주변 사람들의 시선이 부끄러워진 모양이었다.

저 녀석이 무슨 생각이든 내가 알 바 아니다. 지금은 나라도 그녀를 따라가야 한다.

그녀를 찾아서 필사적으로 돌아다닌 나는, 근처 공원 입구에 쭈그리고 앉은 작은 여자애를 발견했다.

"나나세!"

"어? 오가미……?"

안 그래도 작은 몸을 더 작게 웅크리고 훌쩍이던 나나세가 놀란 눈으로 날 바라봤다.

그러나 무작정 그녀를 찾았을 뿐, 어떻게 할지는 전혀 생각하지 않았다.

나는 눈가가 붉어진 나나세의 시선을 피하며 끙끙대다가 결국——.

"저기, 뭐냐…… 햄버거 먹을래?"

——한심한 말을 꺼냈다.

"……다 봤구나. 아, 정말 부끄럽네……."

"미안. 갑자기 큰 소리가 나길래, 나도 모르게 그만……."

"아니야. 공공장소에서 소리 지른 내가 잘못한 거지. 하지만…… 그래도 미안하다고 생각하면, 내 이야기 좀 들어

줄래?”

“……그 정도는 얼마든지.”

해가 넘어가면서 어둑해진 공원의 벤치에 앉아 햄버거를 먹던 나나세가 애처로운 웃음을 지으며 말했다. 그녀가 손에 쥐고 있던 포장지는 이미 구깃구깃 구겨져 있었다.

멋대로 참견한 꼴이 된 나는 사과의 의미를 담아 그녀의 부탁을 들어주기로 했다.

그러자 나나세는 살짝 웃고는 이야기를 털어놓았다.

“……요시히데하고는 소꿉친구였어. 유치원 때부터 지금까지 쭉 알고 지내다가 어렴풋이 좋아하게 되었고…… 중3 여름 무렵에 내가 고백해서 사귀기로 했어.”

“아, 혹시 부활동을 은퇴했을 때인가?”

“맞아. 그 자식이 지역 대회에서 오가미한테 지고 은퇴를 결정한 날 고백했어.”

나나세가 날 보면서 슬쩍 웃었다.

내가 중학교 때 농구부였던 걸 기억하는 건 솔직히 좀 의외지만, 나도 코우마를 따라서 응원하러 왔던 나나세를 기억하니, 말도 안 되는 이야기는 아니다.

“그 녀석, 그래 보여도 일단은 팀의 에이스였거든. 그래서인지 경기가 끝나고 책임감을 느껴서 엉엉 울더라고. 그걸 보고 있으니 다독이고 싶더라. 오래 알고 지내기도 했고, 연애 감정 비슷한 것도 있었거든. 그런데 그 자식이——.”

나나세의 고백으로 연인 관계가 되었는데, 정작 뒤에서
는 다른 여자와 사귀고 있었다.

그때부터 반년 넘게—— 거의 1년 가까이 속았으니, 이
제는 코우마가 밉다 못해 허탈한 듯했다.

오랫동안 소꿉친구로 지내다가 연인이 됐는데, 그게 실
은 양다리 쓰레기였으니 충격이 클 수밖에 없겠지.

괴로워하는 나나세에게 무슨 말을 해야 할지 내심 고민
하는 중에도 그녀의 이야기는 계속 이어졌다.

"……얼마 전부터 이상하다고 생각하긴 했어. 태도는 서
먹한데 바디터치는 늘어나더라고. 그러다 언제는 볼일이
있다고 혼자 돌아간다길래, 너무 수상해서 그 자식의 뒤를
밟았더니, 시무라랑 꽁냥대고 있더라. 알지? 같은 반에 시
무라. 나와는 들키면 부끄럽다고 손도 안 잡았으면서, 시
무라와는 팔짱까지 끼고 헤벌쭉대는 꼴이란……!"

"그래서 오늘 코우마를 불러내서 추궁했구나."

"……응. 근데 설마 이렇게까지 뻔뻔하고 멍청할 줄이야!
뭐? 얼굴이랑 가슴은 내가 더 좋아? 나한테 할 말이 그것밖
에 없어? 처음 사귈 때부터 그 생각밖에 없던 거 아니야?"

"그건 확실히 걔가 너무했어. 나도 듣는 것만으로 피가
거꾸로 솟구치더라."

역시 부끄러움을 무릅쓰더라도 더 빨리 대화에 끼어들
어야 했다. 그러면 적어도 나나세가 이렇게까지 상처받지

는 않았을 텐데.

코우마에게 분노하면서도 끼어들기를 망설인 자신이 한심해서 그녀 모르게 주먹을 움켜쥐었다.

"······내가 허락했으면····· 달랐을까?"

"뭐?"

"나는 그런 거, 아직 이르다고 생각했어. 어른이 된 후에 하는 게 당연하다고······. 하지만 내가 조금이나마 허락했으면, 적어도 오늘 같은 일은 없지 않았을까······. 걔도 내 얼굴이랑 몸은 좋다고 했으니까. 몸을 허락했으면 요시히데도──."

"그런 말은 하지 마. 아니, 생각하지도 마."

난 나나세의 착각을 확실하게 부정했다. 내가 즉각 부정하자 나나세는 놀란 눈으로 날 바라보았다.

"네가 옳아. 나나세의 생각은 틀리지 않았어. 그건 가볍게 희생할 게 아니야. 그리고 몸으로 유지하는 관계 따원 사랑도 뭣도 아니야."

"······그렇겠지? 그런 걸 해줘야 날 좋아한다니, 그런 게 무슨 연인이야. 오가미의 말대로야."

"그래. 차라리 잘 된 걸지도 몰라. 지금은 괴롭겠지만, 대신 그놈의 본성을 알았으니까. 적어도 녀석 때문에 고등학교 3년을 헛되이 버리지는 않았잖아?"

"후훗, 확실히 그렇네. 오히려 그 자식이 하자는 대로 했으면 평생 후회할 뻔했어! 그리고…… 덕분에 이렇게 햄버거도 얻어먹었고!"

나나세는 웃으면서 일어나더니 근처 쓰레기통을 향해 뭉친 햄버거 포장지를 던졌다.

쓰레기가 아름다운 포물선을 그리며 깔끔하게 들어가자 나나세는 '오오!' 하고 기뻐했다.

"고마워, 오가미. 덕분에 조금 후련해졌어."

"아니야, 내가 멋대로 참견한 건데 뭘. 그래도 나나세가 기운을 차렸다면 다행이야."

"……고마워. 실은 엄청 우울하고 부끄러웠지만, 그래도 오가미 덕분에 나아졌어. 아까 오가미가 오지 않았다면 어떻게 됐을지……."

나나세가 쑥스러워하면서 인사했다. 나로서도 쓸데없는 참견이 아니라 도움이 됐다면 다행이다.

"기분도 좀 진정됐으니 슬슬 돌아가야겠다. 더 어두워지기 전에 들어가야지."

"그럼 데려다줄게. 아직 조금 걱정되니까."

"오오, 오가미, 신사네~! 그러면 부탁할까?"

그렇게 난 나나세를 집 근처까지 데려다줬다.

나나세가 '내일 또 학교에서 보자' 하며 시원스러운 얼굴로 손을 흔들었다.

그 모습에 겨우 마음을 놓은 나도 웃는 얼굴로 돌아갔다.

●

"완전히 실수했지……? 어떡하지……?"

그날 밤, 난 침대 위에서 고민하고 또 고민하고 있었다.

소꿉친구이자 여자 친구 중 한 명이었던 히요리에게 바람을 피운 걸 들켜 그 녀석을 화나게 했다.

지금까지 싸운 적이야 많지만, 이런 식으로 일이 터진 건 처음이었다.

오래 알고 지낸 경험을 토대로 생각했을 때, 지금 히요리는 몹시 분노한 상태다.

"하지만 나도 어쩔 수 없었다고. 니나도 귀여운 걸 어떻게 해."

나쁜 짓을 했다는 자각은 있다. 히요리와 사귄 지 얼마 안 돼서 다른 학교에 다니는 '시무라 니나'의 고백을 승낙했으니까. 그 때문에 히요리와의 관계를 별로 발전시키지 못한 것도 있다.

하지만 그게 불만이라면 불만이라고 말하면 되는 거 아닐까? 그러면 나도 나름 개선했을 테고, 나도 사랑받는다고 느꼈을 것이다.

그에 비해 니나는 '세컨드라도 좋으니까' 하면서 적극적으로 다가왔고, 무슨 일이 있을 때마다 메시지를 보내줬다.

크기는 좀 작지만 가슴도 만지게 해줬고, 고등학생이 되면 더 대단한 것도 하자고 말해줬고…… 다방면으로 내게 호의를 표현했다.

히요리는 그런 게 없다. 내가 학교에 있는 녀석들한테 사귀고 있다는 걸 들키는 게 싫어서 그런 접촉은 피하자고 말하긴 했지만, 대화는 결국 소꿉친구랑 별로 다를 게 없었고, 데이트 권유도 가을 무렵부터는 '수험 공부가 우선!'이라고 대부분 거절했다.

거기에 굳이 덧붙이자면…… 히요리와는 너무 오래 알고 지낸 탓에 지극이 부족했다.

연인 간의 새콤달콤한 느낌은 한순간뿐이었고, 사귀기 전과 전혀 다르지 않은 시간이 이어졌다.

이런 상황에 나한테 호감을 전하는 여자가 있으면 그쪽에 마음이 가는 게 당연하다.

그리고 나도 개선하려고 노력은 했다. 히요리에게 사랑받는 실감을 원해서 몸을 좀 만지게 해달라고 할 생각으로 행동했다.

우선은 손을 잡고, 키스하고, 가슴을 만진다. 적어도 니나는 전부 하게 해줬다.

하지만 키가 좀 작아서 그렇지, 가슴은 히요리가 압도적으로 크다. 그 가슴을 마음껏 만질 수 있다면 히요리를 선택했을 거다.

그래서 내가 먼저 다가갔는데, 히요리에게 기회를 줬는데, 그 녀석은 거절했다.

오늘도 그렇다. 난 부끄러웠지만 분명하게 말했다. 날 좋아한다면 가슴을 만지게 해달라고.

하지만 정작 그 녀석은 나에게 주스를 뿌리고 가버렸다.

뭐, 니나에 관해서 계속 숨겼으니 화가 날 수는 있겠지. 하지만 나도 필사적이었고 초조했다. 그런 점은 조금 이해해 줘도 되잖아?

아주 조금, 아주 잠깐만이라도 만지게 해줬으면 만족했을 거다.

나는 고등학교에 진학한 이래 여자애들 사이에서 나름 인기가 생겼다. 물론 히요리도 알고 있을 거다. 하지만 그렇다면, 여자 친구로서 자기 자리를 지키려는 노력은 해야 하지 않아?

난 기회를 줬다. 하지만 그 녀석이 그걸 박살 냈다. 그뿐인 일이다.

나도 잘못이 있지만, 히요리도 그만큼 잘못이 있다.

"니나의 조언을 들어서 다행이야……! 히요리랑 사귀고 있다는 걸 학교 녀석들한테 숨기길 잘했어……!"

뭐, 히요리하고는 일단 냉각기간을 가지자. 내가 바람을 피웠다는 말을 퍼뜨리는 게 불안하지만, 나름 미리 대책을 세워뒀다.

난 니나의 충고에 따라 세심한 주의를 기울여 히요리와 사귀고 있다는 증거를 남기지 않도록 해왔다. 문자도 사이 좋은 소꿉친구와의 대화처럼 보이는 선에서 조절했다.

주변에도 사귀는 걸 숨겼으니 그 녀석이 무슨 말을 해도 '딱히 사귀는 게 아니었다', '히요리가 멋대로 착각했을 뿐' 이라고 밀어붙일 수 있다.

지금 다니는 고등학교에 중학교 친구가 없는 것도 나에게 유리하게 작용한다.

그러니 내 평판이 떨어질 걱정은 없다. 오히려 이제는 니나와도 당당하게 꽁냥댈 수 있고…… 나에게 다가오는 여자애하고도 친해질 수 있다.

더구나 애초에 고백은 그 녀석이 했다. 헤어질 때는 기분 나빠 보였지만, 그렇게까지 충격받았다면 아직 날 좋아한다는 의미 아니겠는가. 사태가 좀 진정되면 관계가 회복될 가능성도 충분히 있다.

그렇게 되면 실질적으로 양다리를 공인받는 거나 마찬가지. 귀여운 여자애 둘이랑 동시에 사귈 수 있다니, 꿈이 무한히 펼쳐진다.

"뭐, 괜찮겠지. 그 녀석이랑 하루 이틀 본 것도 아니고."

히요리도 나에 대해서 잘 알고 있을 테니, 쉽사리 나한테서 멀어질 리가 없다. 그 녀석은 그런 녀석이다.

아마 한 달만 있으면 원래대로…… 아니, 어느 때보다

즐거운 일상이 찾아올 거다.

누구보다도 히요리를 이해하고 있는 사람은 나다. 내가 그렇게 생각하니 무조건 틀림없다.

자신이 저지른 일을 반성하면서 히요리의 기분이 풀리면 어떻게 용서받을까 생각하기 시작한 나는 도중에 잠들어 버렸고…… 몹시 상쾌한 기분으로 다음 날 아침을 맞이했다.

제1장 나나세가 집에 찾아왔다!

(어떡하지……?! 잘 생각해라, 나……!!)

나나세와 코우마의 파탄 현장을 목격해 버린 다음 날 아침, 난 반 친구들이 떠드는 교실에서 고민하고 또 고민했다.

고민은 물론 나나세에 관한 고민이다. 나중에 등교할 그녀에게 어떻게 말을 걸어야 할지 고민하고 있었다.

어제 그런 일이 있었고, 내일 또 학교에서 보자는 이야기도 했다. 나나세가 등교하면 말 한마디는 걸어야 한 것이다.

문제는 어떤 느낌으로 말을 거느냐? 이다.

무겁고 침착한 분위기로 걸면 어제 일이 상기될 수도 있고, 반대로 밝게 말을 걸었는데 실은 아직 침울한 상태면 대형 사고다.

하룻밤이 지나면서 나나세의 심경이 어떻게 변했는가, 그걸 모르는 이상 어느 쪽을 골라도 도박이다.

조금이라도 승률이 높은 쪽이 어디인가 고뇌하고 있으니…… 갑자기 누군가가 뒤에서 날 껴안았다.

"오가미, 안녕~!"

"나나세?! 아, 안녕……!"

나나세가 내 목에 팔을 두르고 얼굴을 들이밀었다.

내가 깜짝 놀라서 몸을 휙 비틀며 말을 더듬자, 나나세는 키득키득 웃으며 떨어졌다.

"왜 아침부터 표정이 안 좋아? 고민 있어?"

"어? 아니, 이건 그……."

어쩌지? 이걸 나나세에게 말해야 하나? 난 필사적으로 머리를 굴렸다. 으음, 역시 솔직하게 말하는 게 좋을지도…….

그러나 고민이 무색하게도 나나세가 먼저 자조하며 말했다.

"혹시 날 어떻게 대할지 생각하고 있었어?"

"……어."

나나세가 스스로 말한 덕분에 나도 말을 꺼내기 쉬워졌다.

내가 수긍하자 나나세는 작게 한숨을 내쉬었다.

"미안해, 괜히 나 때문에. 나는 진짜 괜찮으니까 걱정하지 마! 하룻밤 자고 나니까 담담해지더라. 오가미의 말대로 그 녀석의 본성을 이제라도 알아서 다행이라고 생각해."

"그러면 다행이지만……."

말은 이렇게 하지만 아마 허세겠지. 하룻밤 만에 감정을 다 털어낼 수 있을 리가 없다.

그녀에게 코우마는 사귀기 전부터 알고 지낸 소꿉친구였다. 그런데 믿었던 남자가 실은 다른 본성을 품고 있었고 심지어 자신을 속이기까지 했다. 여간 충격이 아니었겠지.

그러나 아픔을 겪고도 그녀는 다시 일어나 웃는 얼굴을

보여주려 하고 있다. 참으로 강한 사람이다.

"내가 참견할 일은 아니지만, 나나세는 그 고통을 갚아 주고 싶지 않아? 예를 들면 코우마가 바람을 피웠다는 걸 폭로한다던가……."

"그건…… 됐어. 어차피 그러기도 어려울 거 같더라."

"어렵다니, 어째서?"

"어제 너무 괘씸해서 어떻게든 혼내줄 방법 없나 찾아봤는데…… 그 녀석, 참 주도면밀하게 움직였더라. 우리 관계를 증명할 만한 건 단 하나도 남기지 않았어."

"채팅이나 사진 같은 게 단 하나도 없다고?"

"응, 아~무것도 없어! 전부 소꿉친구 사이의 대화라고 하면 납득될 만한 것뿐! 나도 깜짝 놀랐어! 그 녀석이 어디서 들킬지 모르니 사귀는 증거를 남기지 말자고 했었는데, 지금 생각하면 처음부터 이럴 생각이었던 거 같아!"

아하하 하고 웃은 후에 성대하게 한숨을 쉬는 나나세.

그게 사실이라면 증거가 문제가 아니다.

"……결국 내가 멍청했던 거였어. 요시히데에게 난 그냥 소꿉친구고 여자 친구가 아니었던 거야. 나와는 그냥 몸의 관계가 되고 싶었을 뿐이고…… 진짜 여자 친구는 시무라였던 거지."

"나나세……."

코우마는 이렇게 될 가능성을 예상했다. 그래서 자신과

나나세가 사귄 증거를 남기지 않도록 용의주도하게 움직였다.

그게 그의 잔꾀인지, 아니면 바람 상대인 시무라의 잔꾀인지는 알 수 없다.

다만…… 연인이라 생각했던 사람이 언제든지 자신을 버릴 수 있도록 준비하고 있었다는 것을 이해한 나나세가 깊은 상처를 입었다는 건 나도 알 수 있었다.

"아~, 미안! 역시 좀 풀이 죽었네! 이럴 때는 먹는 게 최고지! 달달한 거, 달달한 거~!!"

그렇게 말하면서 어깨를 축 늘어뜨린 나나세는 어디선가 멜론빵을 꺼내더니 봉지를 뜯고 입을 크게 벌리고 덥석 물었다.

교실 뒤쪽에 있는 내 자리 주위에는 아무도 없다. 이 대화도 아무에게도 들리지 않기에 가능한 것이고…… 이렇게 홧김에 먹는 것도 분명 그럴 것이다.

햄스터처럼 우물우물 멜론빵을 베어 물고 입 안에 집어넣는 나나세.

가만히 바라보는 내 시선을 알아차렸는지, 고개를 든 그녀는 입 안에 있는 빵을 삼키고는 이렇게 물었다.

"왜 그래? 오가미. 날 그렇게 빤히 쳐다보고."

"그냥…… 코우마는 나나세의 무엇이 불만이었을까 싶어서. 내가 나나세랑 사귀었으면 바람피울 생각은 안 할 것 같은데…….”

그렇게 말하면서 다시 나나세를 빤히 바라보며 그녀를 관찰했다.

숏보브컷을 한 검은 머리카락은 찰랑찰랑하고 활발한 분위기가 앳된 나나세에게 잘 맞으며 얼굴도 아이돌 뺨치게 사랑스럽다.

모두가 인정하는 미소녀인 데다가 코우마가 말했듯이 가슴도 크고…… 이런 여자애랑 사귈 수 있다면 그 녀석은 엄청나게 행복한 녀석이라고 모두가 단언할 것이다.

“……단순히 앳된 여자가 취향이 아니었던 거 아냐? 귀여운 로리 거유보다 정통 미소녀가 취향이었을 뿐이겠지.”

“그런가?”

코우마의 바람 상대인 시무라 니나에 대해서는 나도 알고 있다.

나나세의 말대로 상당한 미소녀다. 귀여우면서도 예쁘다. 남자 사이에서도 나나세보다도 훨씬 인기가 많다. 하지만 적어도 그게 나나세를 배신하고 시무라를 선택하는 결정적인 이유가 되지는 않을 거다.

멜론빵을 다 먹은 나나세가 두 개째 봉지를 꺼내면서 이렇게 말했다.

“뭐, 어차피 난 비참하게도 버림받은 여자야. 내 가치라고는 키로 가야 할 영양까지 모조리 흡수한 가슴뿐이라고.

나머지는 시무라에게 미치지 못하는 한심한 여자일——.”

“아니, 그건 아니야.”

나나세의 자학에 무심코 그렇게 말해버렸다.

그러자 나나세는 눈을 살짝 크게 뜨고 나를 바라보았다. 나는 이렇게 말을 이어갔다.

“외모는 개인의 취향이니 어쩔 수 없는 부분이야. 하지만 여자 친구가 있는 남자에게 세컨드라도 좋으니 사귀어 달라고 하는 건 명백히 이상한 사람이지. 나나세가 문제인 게 아니야.”

“그건 뭐, 그럴지도 모르지만…….”

그럴지도, 가 아니라 그렇다고 난 나나세에게 계속해서 말했다.

역시 떨쳐낸 것처럼 행동해도 여전히 자기 비하에 물들어 있다. 아직 풀이 죽어 있다고 생각한 나는 그녀가 조금이라도 기운을 차리게 해주려고 솔직한 심정을 털어놨다.

“난 나나세가 시무라에게 뒤지지 않을 정도로 예쁘고 매력적인 여자라고 생각해. 적어도 성격은 확실하게 나나세가 훨씬 나아. 그러니까 자기 비하는 이제 그만해. 나라도 열심히 격려해 줄 테니까.”

“오가미……!”

진심을 담으니 드디어 나나세의 가슴에 닿은 듯했다.

나나세는 뜯으려던 두 번째 멜론빵을 품에 집어넣더니

살며시 웃으며 말했다.

"……고마워. 오가미 덕에 좀 마음이 가벼워진 것 같아. 그런데 나, 어제부터 계속 오가미가 마음 쓰게 하고 있네……."

"그건 신경 쓰지 마. 어차피 내가 그리 대단한 조언을 해준 것도 아닌데 뭘."

"그렇지 않아! 오가미 덕분에 정말 마음의 짐을 많이 내려놓을 수 있었어. 그러니까 자신을 비하하지 마. 오가미가 나한테 한 말이잖아?"

나나세가 귀엽게 고개를 갸웃하면서 눈짓했다.

내가 했던 말을 그대로 돌려받은 탓에 나도 모르게 웃음이 나왔다. 이런 농담할 여유 정도는 생긴 듯하여 마음이 놓였다.

그때 계속 날 바라보던 나나세가 문득 이런 말을 했다.

"흐음……. 오가미, 오늘 학교 끝나고 시간 있어? 어제 도와줬으니까 답례할게. 시간 괜찮으면 놀러 가자!"

"아…… 미안. 오늘은 부모님이 늦게 오시는 날이라, 동생들 저녁을 내가 만들어야 해서 빨리 가봐야 해."

권유는 고맙지만 사정이 여의찮다. 모처럼 생각해서 권했을 텐데 미안하게 됐네.

그런데…… 나나세는 오히려 입꼬리를 올리며 이렇게 말했다.

"오, 그래? 그러면 더 잘됐네!"

“뭐가……?”

“중요한 건 내가 오가미에게 보답하는 거잖아? 그러니까 내가 오가미를 도와줄게!”

나나세가 밝은 미소로 말했다. 도와주겠다니, 뭐를?

자기에게 맡겨달라는 듯, 나나세는 척! 하고 엄지를 세웠다.

“오가미네 저녁, 내가 만들게!!”

(왜 이렇게 된 거지……?)

난 오늘 몇 번째인지 모를 자문자답을 반복하면서 묵묵히 채소를 썰었다.

낯익은 우리 집의 부엌. 나와 어머니가 깔끔하게 관리하는 이 청결한 공간에 낯선 인물의 모습이 있다.

나나세는 한창 감자 칼로 감자 껍질을 벗기는 중이었다. 작은 그녀와 옆으로 나란히 서 있자니 머릿속이 한층 더 복잡해지는 것 같았다.

“으음, 저기, 미안해! 내가 만든다고 자신만만하게 말해 놓고 결국 오가미를 돕는 게 고작이네~!”

“어? 아냐, 도와주는 것만으로도 고마워.”

실제로 평소보다 요리가 순조롭게 진행되고 있다. 귀찮은 재료 손질을 나나세가 도와준 덕분이다. 원래 예상보다 빨리 완성될 것 같다.

"감자 껍질 다 벗겼어! 다음엔 뭘 하면 될까?"

"그러면…… 거기서 냄비 좀 꺼내줄래? 그리고 이 카레루도 미리 쪼개줘."

"알았어~! 냄비, 냄비……!"

난 가스레인지 아래에 있는 미닫이문을 열고 카레용 냄비를 찾는 나나세를 힐끔 본 후, 그녀가 껍질을 벗겨준 감자를 썰어나갔다.

익혔을 때 조금 흐물거려도 괜찮도록 약간 크게 썬 감자를 볼에 넣은 후, 마지막으로 재료를 확인했다.

"어? 벌써 썰었어? 엄청 빠르네~!"

"하다 보니까 익숙해져서 그래. 숙달이야, 숙달."

중학생 때부터 자주 집안일을 도왔다. 덕분에 요리도 학생치고는 제법 익숙하다.

나나세는 손놀림이 약간 불안했지만, 돕는 데는 문제 없었다. 덕분에 평소보다 훨씬 편했다.

냄비도 지정하지 않았는데 알아서 크고 두꺼운 걸 꺼냈다. 어쩌면 그녀도 요리에 소양이 있는지도 모른다고 생각하면서 냄비 안에 차례차례 재료를 넣었다.

"오가미네는 치킨 카레구나! 그것도 맛있지!"

"실은 소고기가 비싸서 못 사는 것뿐이지만. 그래서 대개 돼지고기나 닭고기야."

……우리 집에는 아버지가 안 계신다. 오래전에 사고로

돌아가셨다. 그래서 어머니가 일과 집안일을 병행하면서 홀몸으로 우리 형제를 키우셨다.

나는 어머니가 고생하는 모습을 보고 중학생 때까지 하던 농구를 그만두었다. 부활동도 나름의 지출이 생기는 편이다. 차라리 그 시간에 집안일과 아르바이트를 하는 게 낫다.

더구나 언젠가는 동생들도 결국 수험을 치러야 하니, 가계 부담을 미리 줄여야 한다.

재료를 적당히 익히고 물을 넣고 푹 끓인 후, 떠오르는 기품을 제거했다. 그리고 적당한 때를 봐서 카레 루를 넣었다.

"와, 냄새 좋다……! 맛있겠다~!"

루가 녹으면서 카레 향이 올라오자, 나나세가 코를 실룩거리면서 들뜬 목소리로 말했다.

"이제 이대로 약불로 조금 더 끓이면 완성이야. 나는 이제 밥을 지을 테니까, 대신 나나세가 가끔 저으면서 타지 않게 해줘."

그러자 나나세는 에헴 하고 가슴을 펴면서 고개를 끄덕이고 국자를 받았다.

"응! 맡겨줘!"

키가 작은 나나세를 위해 발판을 준비해야 하나 싶었지만, 아무리 그래도 그렇게까지 작진 않은지 평범하게 냄비

카레

속을 볼 수 있었다.

도와주는 사람이 있으니 정말 편하다고 생각하면서 밥솥의 스위치를 눌렀다.

"평소보다 살짝 많이 안쳤는데, 이걸로 충분하려나 모르겠네……."

"아 맞아. 카레 먹는 날에는 자기도 모르게 밥을 많이 먹게 되는 거 있지."

"물론 그런 것도 있지만, 나나세도 먹어야 하니까, 그게 충분할지 감이 오질 않아서……."

"어…… 나도 믹는 거야?"

"여기까지 해놓고 그냥 가려고? 다들 환영할 테니까 사양하지 않아도 돼."

조금 성가신 녀석들이지만, 이라고 덧붙이면서 나나세에게 말했다.

여기까지 도움받고서 요리가 다 되니 '그럼 잘 가' 하는 것도 이상하다.

나나세가 거절해도 카레는 보존할 수 있고…… 감사를 담아서 저녁을 함께 먹자고 했다.

"아, 물론 나나세가 바쁘면 어쩔 수 없지만. 시간이 늦었으니 부모님도 걱정하실 테고……."

"아냐, 괜찮아! 우리 집은 맞벌이거든. 집에 안 들어오시는 날도 꽤 있어. 오늘도 그렇고…… 그러면 감사히 먹을게!"

나나세는 같이 저녁을 먹자는 권유에 웃는 얼굴로 응해 줬다.

즐거워했으면 좋겠다고 생각하면서 내가 웃음을 짓는 가운데, 짤깍 소리와 함께 이쪽으로 여러 개의 발소리가 다가왔다.

다만 수가 상상했던 것보다 많아서…… 동생들이 한꺼번에 돌아왔나 싶었는데, 예상 밖의 인물이 얼굴을 내밀었다.

"미안, 유스케! 늦는다고 말했는데 사정이 달라져서 일이 빨리 끝났어! 일찍 오게 해서 미, 안……?!"

"아, 그, 처음, 뵙겠습니다……."

힘차게 문을 열고 모습을 드러낸 사람은 내 어머니였다.

귀가하자마자 사과를 한 어머니는 부엌에서 카레 냄비를 젓고 있는 나나세와 눈을 마주치자 움직임을 딱 멈췄다.

끼기긱…… 하고 기름을 치지 않은 기계 같은 딱딱한 움직임으로 목을 돌려 날 보고 다시 나나세에게 고개를 돌린 후…… 믿기지 않는 기세로 뒤돌아본 어머니는 큰 소리로 외쳤다.

"마사토! 타이가! 유스케가 여자애를 데리고 왔어!! 경찰 불러!!"

"아니, 왜?!"

"아까는 미안해~! 그리고 저녁 준비해 줘서 정말 고마워~!"

"아뇨! 전 거의 아무것도 안 했어요! 오히려 갑자기 찾아와서는 별 도움도 못 드려서 죄송해요!"

"아니 정말, 응?! 유스케가 여자애를 집에 데려오다니, 어머니로서 기쁘기도 하고 놀랍기도 하고, 범죄에 손댄 건 아닌지 걱정이라서 정말 놀랐어."

"잠깐, 범죄라니? 아들을 뭐라고 생각하는 거야?"

직사각형 테이블에 늘어선 다섯 개의 식탁 깔개와 카레들.

어머니는 따끈따끈 김을 내뿜는 카레를 무시할 만큼 신이 난 상태였다.

변이 긴 쪽 한편에 나와 나나세가 앉고, 맞은편에는 동생들이 똑같이 앉았다. 어머니는 나나세와 가까운 변이 짧은 편의 자리를 확보하고 생글생글 웃는 얼굴로 이야기를 이어갔다.

"자~, 똥강아지들! 뭐 해? 어서 나나세한테 인사하렴!"

"인사할 틈을 줘야 인사를 하지……."

"계속 눈치 보느라 어색했어."

어머니의 지시에 동생들이 항의했다.

소란스러워서 미안하다고 나나세에게 시선으로 사과하자 그녀는 즐거워 보이는 웃음으로 대신 답했다.

"으음……! 자기소개가 늦어져서 죄송합니다. 전 오가미 마사토, 유스케의 동생입니다."

"삼남인 타이가입니다. 카레 만들어주셔서 감사합니다."

"마사토랑 타이가구나! 반가워! 둘 다 형이랑 똑같이 키가 크네!!"

꾸벅 머리를 숙인 동생들에게 밝은 목소리로 인사하면서 큰 키에 대해 언급하는 나나세.

확실히 우리 삼 형제는 모두 키가 크다. 얼굴도 어느 정도 닮았는데, 그러면서도 여러 가지로 다른 부분이 있어서 재밌기도 하다.

차남인 마사토는 형제 중에서 가장 말수가 많고 본성을 숨기는 게 능숙하다. 키는 큰 편이고 몸은 날씬하며 형제 중에서 운동이 가장 약하다. 그러면서 먹는 건 형제 중 제일 많다.

삼남인 타이가는 키는 우리 중에서 가장 작지만(그래도 170 후반은 된다), 덩치로는 우리 중에서 제일이다.

유도부 소속으로 탄탄한 몸을 갖고 있으며 우리 중에서 가장 싸움을 잘한다. 낯을 가리고 말수가 적어서 티가 안 나지만, 절대로 화나게 해서는 안 되는 녀석이다.

참고로 난 키도 몸집도 둘의 중간쯤 된다. 이 중에서 운동 신경이 가장 좋은 밸런스 타입이다.

"그리고 내가 바로 삼 형제의 어머니이자 오가미가의 가장이기도 한 오가미 마리에! 잘 부탁해, 나나세!"

"네! 저야말로 잘 부탁드립니다!"

마지막으로 우리 집의 탑 오브 탑인 어머니가 자기소개를 하고 가족의 인사는 끝났다.

그걸 조용히 듣고만 있는 난 어색함을 느꼈지만, 식탁은 그런 내 기분과는 반대로 활기찬 분위기를 보였다.

……주로 날 놀리는 방향으로.

"그래서 나나세 누나는 우리 바보 형이랑 무슨 사이죠?"

"그냥 같은 반 친구라고 하면 되려나?"

"어떻게 우리 집에 오게 된 거야? 우리 바보 같은 아들한테 속기니 하진 않았지?"

"아니에요. 제가 먼저 가겠다고 했어요! 어제 신세를 좀 져서……. 그래서 보답으로 저녁을 만들려고 했는데, 어쩌다 보니 오히려 얻어먹고 있네요."

"형은 고등학교에선 어떻게 지내요? 작년까지는 같은 중학교였지만, 고등학교에서 이상한 짓을 하는 거 아닌지 걱정돼서……."

"다들 당사자를 앞에 두고도 잘도 그런 말이 나오네. 대체 날 뭐라고 생각하는 거야?"

"아하하하하! 재밌는 가족이네! 유스케, 매일이 재밌지?"

"계속 바보 취급당하는데 뭐가 재미있어? 그리고…… 어?"

반쯤 딴지를 거는 기분으로 대답하던 나는 그녀의 말에 위화감을 느꼈다.

한순간 잘못 들었나 귀를 의심하니 나나세가 의미심장한 웃음을 지었다.

"왜 그래, **유스케**? 그렇게 놀란 표정으로."

"아니…… 뭐야 갑자기……?"

굳이 강조해서 다시 말하는 나나세. 이 상황이 매우 즐거운 듯 히죽대고 있다.

내가 당황해서 바라보니 실로 훌륭한 미소를 보이며 나나세가 이유를 말했다.

"어쩔 수 없잖아~. 여기 있는 사람들은 나 외에는 모두 '오가미'인걸?"

"그야 그렇지만, 남자애를 상대로 왜 이렇게 주저가 없냐……."

"미안, 미안! 그래서? 유스케는 나한테 뭐 할 말 없어?"

"무슨 할 말……?"

나나세가 씨익~ 웃으면서 한 질문에 난 또 당황하고 말았다. 이 상황에서 내가 해야 할 말이 뭐란 말인가.

그러자 우리 가족에게서 실망과 한탄이 뒤섞인 한숨이 터져 나왔다.

"아이고~. 형, 이렇게 눈치가 없어서 어떻게 해……."

"지금까지 여자애랑 사귀기는커녕 친하게 지낸 적도 없을 텐데, 어쩔 수 없지."

"야, 그건 너희도 마찬가지잖아! 왜 너희는 여자애랑 사권 적이 있는 척인데?!"

나의 날카로운 지적에 마사토와 타이가가 휙휙 휘파람을 불면서 시선을 돌렸다.

내가 동생들에 대한 분노를 키워나가는 가운데, 마지막까지 조용히 있던 어머니가 가장 어이없어하는 태도로 입을 열었다.

"유스케, 너 말이야……! 그럴 때는 너도 나나세를 이름으로 불러야지?! 나나세의 친구인 네가 그러고 있으면 우리도 거리감을 알 수 없잖아!"

"윽, 그건…….“

여태 제일 신나서 대화했으면서 지금 와서 거리감이라니!

하지만 지적은 변명의 여지가 없으므로 난 작게 신음했다.

확실히, 나나세는 친근하게 날 이름으로 불러줬는데 나만 그대로면 뭔가 거절하는 것 같아서 미안하다.

살짝 나나세의 눈치를 살피니, 그녀는 그걸 바라고 있는지…… 살짝 올려다보면서 고개를 약간 갸웃거리면서 이렇게 물었다.

"유스케, 혹시 내 이름 몰라?"

"그, 그럴 리가! 물론 알고 있지…….“

"그래? 그럼 힘차게 불러보자~! 하나~ 둘!!"

나나세의, 어머니의, 동생들의 기대가 담긴 시선이 꽂혔다.

나는 가족의 시선 속에서 부끄러움으로 얼굴을 빨갛게 물들이며 입을 열었다.

"히, 히요리……!!"

"후후후……! 왜~, 유스케?"

이름을 부르는 것만으로도 벅차서 부끄러워하는 내 얼굴을 들여다보는 나나세…… 히요리.

괜히 더 부끄러워서 도무지 눈을 마주칠 수가 없다.

가족들은 날 제쳐두고 난리가 났다.

"이런, 이 카레 너무 달지 않아?! 실수로 단맛 카레를 사 온 거 아냐~?!"

"아~, 달다! 카레인데 엄청 달다!"

"젠장. 너희, 나중에 보자!"

"나나세……! 아니, 히요리! 우리 바보 아들을 부탁할 게……! 무슨 일 있으면 바로 알려줘! 내가 책임지고 혼내 줄 테니까!"

"엄마! 이상한 소리 하지 마!!"

부끄러움을 얼버무리기 위해 가족에게 딴지를 세게 걸었다.

히요리는 아주 즐거운 듯이 손뼉을 치면서 웃었다…….

내 정신이 너덜너덜해졌지만, 대신 침울하던 그녀가 괴로운 일을 잊고 웃을 수 있다면, 뭐 그걸로 만족하자.

"미안해. 저녁도 얻어먹었는데 바래다주기까지 하고. 보답하려고 얘기했던 건데, 신세만 지네."

"나야말로 불편하게 한 것 같아 미안해. 우리 가족이 좀 시끄럽지?"

"아니야~! 어머니도 동생들도 엄청 재밌었고 좋은 사람이었어!"

저녁을 다 먹고, 신난 가족들과 이야기를 조금 하고……그러고 있으니 바깥이 완전히 어두워져 버렸다.

어머니와 동생들도 이 이상 붙잡기는 미안했는지 오늘은 이만 헤어지자고 했고, 나에게 배웅을 맡기고 지금은 집에서 한창 뒷정리 중이다.

난 집까지 바래다줄 생각이었지만 히요리가 그건 미안하다고 해서 사람이 많이 다니는 역 앞까지만 바래다주기로 했다. 거기서 택시를 타고 돌아갈 생각이라고 한다.

"우리 부모님은 걱정이 많아서, 집까지 가는 길에 어두운 길이 많으니까 늦으면 택시를 타라고 해. 택시비로 쓰기 위한 용돈도 주고 그러거든~."

히요리의 부모님은 딸 걱정을 많이 하는구나. 좋은 부모님이네.

"뭔가 신기한 느낌이야. 겨우 몇 시간 같이 있었는데, 훨씬 더 오래 알고 지낸 느낌이랄까?"

"어…… 그러니까, 역시 자리가 불편했다는 건가? 괴로운 시간은 길게 느껴지는 그거?”

“그런 뜻이 아니야. 처음 간 곳에서 처음 만난 사람들이랑 지냈는데…… 전혀 불편하지 않았어. 오히려 옛날부터 알고 지낸 사람들 같았다고나 할까…… 즐거워서 순식간에 시간이 지나 있었어.”

처음 보는 사람에게 허물없는 태도로 대한 가족(이라기보다는 어머니)을 히요리가 어떻게 생각할지 불안했는데, 다행히도 불쾌하지는 않은 모양이었다.

“유스케도 그렇게 생각하지 않아? 우리가 이렇게 얘기하게 된 지 이제 고작 하루 남짓인데 벌써 서로 이름으로 부르고 있잖아.”

“그, 그렇네. 듣고 보니 그런 느낌이야…….”

난 약간 쑥스러움을 느끼면서 동의했다.

사실 나도 그녀와 비슷한 감상을 느끼고 있다.

그녀의 말대로 우린 실질적으로 알게 된 지 아직 하루밖에 안 지났는데 벌써 서로를 이름으로 부르고 있다. 아직 이름으로 부르는 게 부끄럽지만, 동시에 기묘한 친숙감을 느끼고 있다.

이 느낌이 싫진 않다. 분위기를 보아하니 히요리도 그런 듯했다.

복잡하고 기묘한 심경을 느끼고 있으니, 히요리가 발걸음을 멈추고 진지한 얼굴을 내게 향했다.

“있잖아, 유스케. 부탁이 있는데…….”

“뭔데?”

“내일부터 그…… 학교에서도 이름으로 불러도 돼……?”

“어? 학교에서도……?”

나는 놀라서 눈을 크게 떴다.

무슨 의도인가 생각하고 있으니, 문득 어제 있었던 일과 오늘 아침에 그녀에게 들은 이야기가 플래시백 되었다.

히요리는 코우마와 사귀기를 계속 주위에 숨기며 소꿉친구인 척 지내왔는데, 근래 코우마에게 배신당한 걸 깨달았다.

히요리는 나와 친해진 것을 숨기려고 할수록 그 기억이 되살아날 거다. 자신이 코우마와 사귈 때와 똑같이 하고 있다는 생각에 불안을 느꼈는지도 모른다. 그래서 나와 친해진 것을 숨기지 않고 그대로 보여주고 싶은 듯했다.

솔직히 부끄럽다. 가족에게 놀림 받은 것처럼, 학교 친구들에게 놀림 받을지도 모른다.

하지만 히요리의 괴로움을 조금이라도 줄여줄 수 있다면 그런 사정은 아무래도 상관없다. 나의 일방적인 착각일 수도 있지만…… 그녀를 웃게 할 수 있다면 놀림도 수치도 기꺼이 감수하겠다.

“……응, 좋아. 그 대신 나도 히요리, 라고 불러도 될까?”

“알겠어. 그렇게 하자.”

각오를 다진 내가 웃으면서 고개를 끄덕이자, 히요리가 환하게 웃으며 기뻐했다.

조만간 반 애들한테 놀림당할 거 같지만 히요리의 웃는 얼굴을 봤으니 됐다.

"그리고, 부탁이 하나 더 있는데…… 또 이렇게 유스케 네 집에 놀러 가도 될까? 아까도 말했지만, 우리 부모님은 맞벌이라서 안 계시는 날이 많거든. 혼자서 밥 먹는 게 적적해……."

"물론이야. 엄마와 동생 녀석들도, 물론 나도 환영이야! 쓸쓸해지면 언제든 놀러 와!"

"정말……? 고마워, 유스케! 진짜 착하다……."

히요리에게서 약간 울 것 같은 목소리가 흘러나왔다.

이런 사소한 걸로 기쁘다면, 얼마든지 저녁 식사에 초대해서 즐겁게 지내 주마.

그래…… 사소한 일이다. 서로 이름으로 부르고, 함께 식탁에 둘러앉는다. 고작 그 정도다.

그것만으로도 상처 입은 히요리를 웃게 할 수 있다면 난 얼마든지 그렇게 할 것이다.

보폭이 작은 그녀에게 맞춰서 천천히 걷다 보니 어느새 역 앞에 도착했다.

택시 승강장에는 손님을 기다리는 택시가 여럿 대기 중이었다. 히요리가 더 기다릴 필요는 없을 듯했다.

다만…… 조금 아쉽다. 조금 더 그녀와 이야기하고 싶다.

나는 피어오르는 욕심을 감추며 히요리를 택시에 태우고 문을 닫기 전에 인사했다.

"히요리! 오늘은 재밌었어. 내일 또 학교에서 보자."

"……응! 내일 또 학교에서 봐!!"

어쩐지 히요리의 표정이 아주 약간 아쉬운 것처럼 느껴졌다. 그녀도 나와 헤어지기 아쉬운 걸까……? 아니, 자만하지 말자. 나는 뻔뻔한 자의식을 질책하면서 히요리를 배웅했다.

택시의 문이 닫히고 시야 밖으로 사라질 때까지도……난 그 자리에 계속 서 있었다.

●

──바람피운 걸 들킨 다음 날 아침, 난 교실 근처에서 히요리를 기다렸다. 그 녀석이 지금 어떤 상태일지 궁금했기 때문이다.

비록 화가 나서 나한테 주스를 뿌리긴 했지만, 시간이 이만큼 지났으면 진정됐을지도 모른다. 어쩌면 냉정하게 한 번 더 대화할 수 있을지도 모른다.

그때 마침 히요리가 등교했다. 나는 웃음을 지으며 평소처럼 그녀에게 인사했다.

"히요리, 안녕!"

운명이 편을 들어준 걸까. 지금 복도에는 우리밖에 없다. 대화하기에 딱 좋은 상황이다.

그러나 그 녀석은 말없이 내 옆을 지나쳐 교실로 들어가 버렸다.

"히, 히요리……?"

"…………."

인사를 받아주기는커녕 날 완전히 무시하는 히요리의 태도에 약간 충격을 받았다.

아니 뭐, 그래. 아무리 저 녀석도 하루 정도로는 마음이 가라앉지 않을 수도 있지.

나는 내 교실로 돌아가기 전에 한 번 더 자기 교실에 들어간 히요리의 상태를 살폈다.

어차피 친구와 이야기하거나 책상에서 혼자 화낼 줄 알았는데…… 상상도 못 한 광경이 펼쳐지고 있었다.

"뭐야?! 저 녀석, 왜 저렇게 찰싹 붙어있어……?!"

히요리가 같은 반 남자 뒤에 달라붙어 있었다.

멀리서 봐도 알 수 있을 정도로 몸을 밀착시켰고 얼굴도 가깝다.

상대는 히요리의 행동이 뜻밖이었는지 당황해서 뒤돌아 보고 있었다.

남자의 얼굴을 확인한 나는 망치로 두들겨 맞은 듯한 충격을 받았다.

"오가미 유스케……?! 저 녀석이 왜 히요리랑……!"

저 패기 없는 얼굴도, 커다란 몸도, 나는 절대로 잊지 못한다. 왜냐고? 저 녀석이 내 중학교 농구 생활에 오점을 남겼기 때문이다.

중학교 시절, 농구부 에이스로서 팀을 이끌던 나는, 마지막 여름 대회에서 저 녀석의 팀과 붙어 철저하게 깨졌다.

나보다 키가 머리 하나 정도 더 큰 저 녀석은 유유히 내 슛을 블록했고, 반대로 난 그 녀석의 슛을 막을 수 없었다.

나는 필사적으로 오가미를 제치려고 했지만, 그때마다 저 녀석의 동료가 커버하는 탓에 우리 팀의 공격은 완전히 봉쇄되고 말았다. 1쿼터가 끝날 무렵에는 사실상 결판이 난 상황이었다.

내게 참혹한 패배감을 안겨준 남자, 그게 바로 저 오가미다.

그런데 아는 건지 모르는 건지, 하필이면 히요리는 저 오가미와 찰싹 달라붙어서 이야기하고 있었다.

그 광경에 난 주먹을 꽉 쥐고 온몸을 부들부들 떨었지만…… 문득 계시처럼 뇌리에 가설이 하나 떠올랐다.

(아, 알겠다……!! 히요리 녀석, 내가 질투하게 할 생각이구나!!)

오가미와 히요리는 같은 반이지만 그 외에는 딱히 접점

이 없다. 즉 저런 식으로 히요리가 오가미한테 달라붙는 건 굉장히 부자연스러운 광경이란 뜻이다.

그러면 왜 저 녀석은 그런 부자연스러운 짓을 하는가?

답은 간단하다. 내가 오가미를 라이벌로 보는 것을 알기 때문이다. 히요리는 일부러 저 녀석과 찰싹 달라붙어 내 질투를 유도하고 있다.

아까 날 무시한 것도, 다 이 작전을 위한 일이었을 거다. 실제로는 날 의식하고 있는데도.

내 라이벌과 친하게 지내는 모습을 보여줘서 관심을 끌려고 하다니, 의식하는 정도가 아니라 미련이 가득하잖아.

(나 참, 히요리도 아직 애구만~! 그런다고 내가 초조해할 줄 아나?)

히요리의 의도가 그렇다면 전혀 조급해할 게 없다. 오히려 저 녀석이 아직 날 의식하는 걸 알아서 기쁠 정도다.

나는 조급하게 굴지 말고 히요리를 기다리기만 하면 된다. 조만간 저 녀석도 좋아하지도 않는 사람이랑 달라붙어 있는 것에 허무함을 느낄 것이다.

나는 그때 내가 말을 걸기만 하면 된다. 더는 신경 쓰지 않으니까 돌아오라고.

히요리는 기뻐하면서도 솔직하지 않은 태도를 보이지만, 끝내는 나에게로 돌아온다. ……완벽하군.

히요리에 대해 누구보다도 잘 알고 있는 나는 이후의 전개를 전부 알 수 있다.

지금은 히요리를 방치하는 게 제일이다. 굳이 이런 식으로 신경 쓰는 모습을 보일 바에야 거리를 두는 게 재결합의 지름길이다.

나는 이후의 방침을 정하고 기분 좋게 교실로 돌아갔다.

(그래, 따지고 보면 히요리랑 사귄 것도 오가미 건이 계기였지. 이번에도 저 녀석을 이용하는 거야!!)

오가미는 나와 히요리의 큐피드다. 그 녀석에게 패배해 눈물을 흘리고 있을 때, 히요리가 위로하면서 고백했으니까.

이번에도 나와 히요리의 재결합에 도움을 받아야겠다.

친하게 지내던 여자가 갑자기 차가워지고 다른 남자의 소유가 되면 오가미는 충격을 받겠지만…… 한때나마 좋은 꿈을 꾼 것으로 만족하길 바란다.

하지만…… 나보다도 먼저 히요리의 커다란 가슴에 닿은 것만큼은 진심으로 용서할 수 없다. 히요리 녀석도 문제다. 아무리 나를 자극하기 위해서라고 해도 그렇게까지 할 필요는 없잖아? 칫, 재결합하면 마음껏 히요리의 가슴을 만져주마.

교실로 발길을 돌린 나는, 감촉을 상상하고 흥분하면서 마음속으로 그날이 오기를 기대했다.

제2장 히요리와 체력 테스트와 비밀의 허그

"유스케! 안녕~!!"

"안녕, 히요리. 아침부터 활기차네."

"좋은 일이잖아? 하루의 시작은 활기차게 해야지!"

다음 날 아침, 등교 중인 내 뒤에서 히요리가 말을 걸어서 인사를 나눴다.

가볍게 뛰어서 다가온 그녀의 보폭에 맞춰서 걷는 속도를 늦추자, 히요리는 기쁜 듯이 웃었다.

"어제는 고마워. 카레 맛있었어."

"천만에. 집에 가는 길은 괜찮았어?"

"응. 그래서 오늘도 이렇듯 활기차게 나왔잖아? 역까지 바래다줘서 고마워!"

"아니야, 밤늦게까지 붙잡은 건 우리잖아. 여자애 혼자 밤길에 내놓기도 걱정이고."

"이야~, 착하네~! 동생들도 좋은 애들이었고, 아주머니도 좋은 어머니셨어!"

만난 지 얼마 안 된 그녀가 우리 가족을 칭찬하는 모습을 보고 있으니 약간 멋쩍고도 기뻐서 자연스럽게 미소가 나왔다.

"아~ 하지만 좋은 기분이 무색하게 오늘은 체력 테스트가 있단 말이지~ 귀찮아!”

“차라리 공놀이를 모를까, 목적도 없이 뛰기만 하는 거
니까. 좀 귀찮긴 해.”

“맞아~! 특히 난 운동 잘 못한단 말이야~. 으으, 우울
해…….”

“어? 그래? 딱히 운동 못하는 이미지는 아닌데.”

“아~ 사실 나, 발은 빠른 편이었어. 그런데 키는 안 크
고 **여기**랑 **이거**만 커지는 바람에…….”

“……?!”

히요리가 자기 엉덩이를 스커트 너머로 치고, 양손으로
가슴을 들어 올리며 말했다.

뭐, 본인 말대로 그 부분들이 훌륭한 건 동의하지만, 차
마 그렇다고 대답할 수 없으므로 부끄러움에 공연히 기침
만 나왔다. 히요리는 히죽히죽 웃으면서 말했다.

“유스케는 보기보다 순진하구나? 이 정도로 붉어지다니,
귀엽네!”

“놀리지 마. 어제 들었으니 알잖아? 나는 여자 친구가
있었던 적이 없어서, 이런 건 어떻게 반응해야 하는지 모
른다고…….”

“유스케는 그런 모습이 더 자연스럽다고 생각해. 오히려
신나게 야한 이야기를 하는 모습은 상상하기 어려워. 유스
케가 여자애들 보고 헤벌쭉거리는 모습은 보고 싶지 않아!”

"……그건 나도 보고 싶지 않네."

그렇지? 하고 즐거운 듯이 웃는 히요리.

나는 야한 이야기를 신나게 하는 자기 자신을 머릿속에서 털어내며 대화를 이어갔다.

"야한 이야기를 하는 내 모습도 잘 상상이 안 가지만, 히요리가 내게 먼저 그런 이야기를 꺼낸 것도 조금 의외였어."

"그건 뭐…… 이미 유스케한테는 한심한 모습을 실컷 보여줬잖아. 애초에 화제가 이런 거였으니까…… 전부 다 드러낼 수 있는 걸지도. 그밖에는 단순한 신뢰와 흥미?"

다른 이유도 이해하지만, 아마 히요리에게는 맨 처음 말한 이유가 가장 컸을 거다.

바람을 피운 연인을 추궁하는 현장을 본 것도 모자라, 뻔뻔하게 가슴을 만지게 해달라는 말까지 같이 들었다. 그런 추태는 좀처럼 없을 거다.

그 추태를 봐버린 게 내게 잘된 건지는 모르겠으나…… 적어도 히요리에게 내가 마음 편하게 뭐든지 이야기할 수 있는 사람이 되었다는 점은 기뻤다.

"그나저나…… 그랬구나, 유스케. 지금까지 계속 솔로였구나……!"

"요즘은 그리 드문 것도 아니잖아? 어차피 아직 고1인데."

"아, 미안! 놀리려고 한 말은 아니었어. 그냥, 이런 식으로 서로에 대해 조금씩 알아가는 게 뭔가 기뻐서……."

살짝 부끄러워하면서 그렇게 대답한 히요리가 킥킥, 웃었다.

그녀의 말을 듣고 미소를 지은 나는 히요리에게 내 생각을 전하면서 동의했다.

"나도 좋아. 히요리에 대해 조금씩 알아가고 이해하게 되는 거…… 재밌는 것 같아."

"음…… 그렇구나. 그렇게 생각하고 있구나."

내 말을 듣고 한순간 멍해진 히요리가 얼굴을 빨갛게 물들이면서 말했다.

나답지 않은 말을 했다며 조금 후회하는 나에게 그녀는 즐거운 듯이 들뜬 목소리로 말했다.

"그래도 아직 유스케가 모르는 게 많아! 좋아하는 거나 특기도 아직 안 가르쳐줬으니까!"

"그렇지. 생일도 아직 모르고, 키도 말 안 했으니."

"오? 이 자식, 비꼬는 거냐?! 자기 키가 크다고……! 아~! 지금 한 말로 호감도가 내려갔습니다~! 프로필 채우기에서 한 걸음 멀어졌습니다~!"

"아니, 그걸로? 판정이 너무 빡빡한 거 아냐? 좀 더 느슨하게 해줘!"

장난치고 서로 웃으면서, 작은 그녀에게 맞춰서 느긋한 페이스로 학교로 향했다.

조금씩, 조금씩…… 이 시간을 즐기면서 히요리에 대해

알아가면 된다.

난 그녀와 즐겁게 이야기하며 등굣길을 계속 걸었다.

(진짜 귀찮네, 체력 테스트…….)

시간은 순식간에 지나 4교시 체육 수업.

아침에 히요리와 이야기했던 대로 체력 테스트의 시간이다.

체력 테스트는 세 번의 수업으로 나눠서 진행되는데, 첫날인 오늘은 운동장을 이용해 50m 달리기, 핸드볼 던지기, 제자리멀리뛰기, 그리고 악력 검사를 한다.

나머지는 체육관을 이용하는 종목과 모두가 정말 좋아하는 오래달리기다.

결과적으로 그저 달리거나 뛰거나 던지기만 하는 일이라 의욕이 나질 않는다. 그나마 다행히도 우리 학교는 체육 선생님들이 총출동하는 덕분에 진행이 빠르다.

측정이 일찍 끝나면 교실에 돌아가 자습해도 된다고 해서 우리는 각자 기록 용지를 손에 들고 빨리 귀찮은 일을 끝내려고 진지하게 체력 테스트에 임했다.

그런데…….

"오가미, 어떻게든 안 되겠냐? 다시 한번 생각해다오."

"하아……."

나는 제자리멀리뛰기 기록을 측정하는 모래밭 옆에서

한숨을 쉬었다.

이게 대체 몇 번째일까.

이분은 체육 교사 겸 농구부 고문인 '타누마' 선생님이다.

"역시 네 신체 능력은 뛰어나! 그 키와 점프력이면 당장 농구부의 에이스가 될 수 있다니까? 오가미! 우리와 함께 하자!"

"들어갈 생각이 없다고 이미 몇 번이고 말씀드렸잖아요. 전 집안 사정을 더 우선해야 한다니까요? 그러니 이만 보내주세요. 악력 측정을 마저 해야 합니다."

"자, 잠깐 기다려라! 부탁하마! 네 점프력에는 그만한 가치가 있어! 한 번만이라도 좋으니 견학이라도 해다오! 응? 응?!"

선생님은 끈질기게 말을 걸었다.

솔직히 제자리멀리뛰기 측정 담당으로 여기서 기다리는 선생님의 얼굴을 봤을 때부터 안 좋은 예감이 들었다. 그런데 설마 측정 보조를 시킨다는 명목으로 교사의 권리까지 남용하면서 설득하려 할 줄이야. 타누마 선생님에게 잡히지 않았으면 지금쯤 교실에서 한가롭게 쉬고 있을 텐데.

속으로 한숨을 내쉬며 내리쬐는 햇볕을 받고 있자니 다음 학생이 찾아왔다.

"저기~, 제자리멀리뛰기 할 건데 거리 재줄 수 있나요~?"

"어? 히요리? 아직 안 끝났어?"

“뭐…… 응. 사람이 없을 때 하고 싶어서…….”

그렇게 말하면서 기록 용지를 건넨 히요리가 뒤에 있는 타누마 선생님을 힐끗 본 후에 얼굴을 가까이 댔다.

갑작스러운 접근으로 내가 두근거리는 중, 나나세는 달리기로 살짝 상기된 볼을 더욱 빨갛게 물들이며 내게 귓속말했다.

“나는 달리면 그, 가슴이 상당히 흔들리는 편이라……. 부끄러워서 다른 사람들한테 보이고 싶지 않아.”

“어?! 아, 그렇구나…….”

체육복에 감싸인 히요리의 큰 가슴과 부끄러워하는 그녀의 얼굴을 본 후 나는 어렵게 대답을 내놓았다.

안 그래도 교복보다 옷이 얇아서 시선이 가는데, 저런 상태로 뛰면 한층 더 주목을 모을 것이다. 아마 중학교 때도 비슷한 상황이지 않았을까?

난 묘한 민망함을 느끼며 작게 헛기침했다.

“뭐, 다행히 여기엔 다른 사람도 없고 제자리멀리뛰기는 그럴 걱정도 덜 하잖아?”

“그렇긴 한데……. 유스케는 아쉽게 됐네. 50m 달리기였으면 볼 수 있었을 텐데.”

“크흠…… 노코멘트.”

이런 경우엔 대체 뭐라 대답해야 하는 걸까?

그런 중에도 히요리는 부끄러워하면서도 이야기를 멈추

지 않았다.

"하지만 최악인 건 반복 옆뛰기야. 그나마 여자애가 측정했으니 망정이지, 구경거리가 된 기분이었다니까."

"으, 으~음……."

그냥 달리기만 해도 위아래로 움직이는 그녀의 가슴이 좌우로 격렬하게 뛰는 반복 옆뛰기를 하면 어떻게 될까? 잠깐 상상한 나는 히요리에게 미안해서 생각을 접었다. 자꾸 이런 망상을 하는 건 우리 관계에 별로 좋지 않다.

"그러고 보니 유스케의 기록은 어때? 잘 뛰었어?"

"나? 나는 뭐…… 그냥저냥?"

내가 모호하게 대답하자 타누마 선생님이 대화에 끼어들었다.

"핫핫, 겸손한 소리 하지 마라, 오가미! 상당히 좋은 기록이었다!"

"앗, 그래요?! 유스케가 얼마나 뛰었는데요?"

"궁금하냐? 오가미의 제자리멀리뛰기 기록은…… 무려 2m 96cm다! 조금만 더 갔으면 3m다! 대단하지 않나? 나나세!"

"네?! 2m 96cm……?!"

타누마 선생님이 멋대로 내 기록을 가르쳐주자, 히요리가 눈을 휘둥그레 떴다.

빨리 측정을 끝내고 싶을 뿐인 나는 '쓸데없는 시간이 자꾸……’ 하고 선생님에게 원망의 눈빛을 던졌다.

혼자 신이 난 타누마 선생님은 나와 어깨동무를 하고 얼굴을 끌어당기면서 자신만만한 표정을 짓더니 작은 목소리로 이렇게 말했다.

“이거 봐라, 오가미! 너의 대기록을 들은 나나세의 표정을! 어느 시대든 스포츠맨은 여자에게 인기가 좋다! 농구부에서 활약하는 네 모습을 여자들이 보기만 해봐라. 바로 즐거운 학교생활이 시작되는 거다! 우리 매니저 중에서도 너한테 반하는 녀석이 나올지도 모른다!”

“선생님, 교사로서 그런 발언은 어떨지 싶습니다만…….”

타누마 선생님이 나쁜 사람은 아니지만, 솔직히 이상한 사람이라는 인상은 지울 수가 없다.

내가 말만으로는 넘어오질 않으니, 모종의 이점을 제시하는 거 같은데, 나는 지금 부활동을 할 생각이 전혀 없다.

선생님의 말을 대충 흘려넘긴 나는 굳은 채로 있는 히요리를 재촉했다.

“히요리가 마지막인 것 같으니까 빨리 재자. 그러면 나도 이 역할에서 해방되고, 히요리도 빨리 교실에 가고 싶잖아…… 어, 어라?”

“2m 96cm……! 크으으, 뭔가 분해……! 딱 나 두 명분이잖아……!!”

“히요리, 키가 148cm야?”

그렇게 중얼거리는 말을 듣고 나도 모르게 그렇게 말을 흘리자 깜짝 놀란 히요리가 황급히 양손으로 입을 막았다.

"?!"

아무래도 소리 내서 말할 생각은 없었던 모양인지 자신의 키를 들킨 그녀는 날 째려보더니 자포자기한 듯이 말했다.

"그래! 키가 150도 안 되거든~! 땅꼬마라서 미안하네! 땅꼬마라서!!"

"딱히 그런 말은 안 했는데……."

"그러면? 유스케는 키가 크니까 내가 아무리 작아도 상관없다는 거야? 땅꼬마 주제에 가슴이랑 엉덩이만은 잘 컸다고 생각하는 거야?! 엉?!"

"내가 언제! 진정해!"

"제엔장……!! 잘 보라고! 이 분노를 추진력으로 삼아서 3m를 넘는 대단한 점프를 보여줄 테니까!!"

나에게 척! 하고 검지를 들이대면서 외친 히요리가 모래밭 가장자리에 섰다.

팔을 크게 휘둘러 힘을 실으면서 무릎을 굽혀 타이밍을 잡고 분노에 불타는 귀신처럼 무서운 표정으로…… 자기 안에서 불타오르는 힘을 최대한으로 쥐어짠 그녀는 귀엽지 않게 외치면서 점프했고——.

"흐ㅇㅇㅇㅇㅇㅇㅇㅇㅇ음! 오?! 느읏?! 흐갹?!"

——깔끔하게 착지에 실패해 엉덩방아를 찧었다.

"끄으으으으응……! 좋은 점프였는데……!!"

"핫핫핫! 의욕이 너무 앞섰구나! 뭐, 한 번 더 측정하니까, 다음에는 침착하게 힘내라! 오가미, 기록은?"

"잠시만요."

히요리가 뾰로통하게 화내면서 모래밭에서 나왔을 때 난 기록 용지와 펜을 손에 들고 비거리를 측정하러 갔다.

제자리멀리뛰기 같은 경우, 측정하는 곳은 모래밭 안에서 가장 가까이에 남은 자국이다. 그래서 보통은 뒤꿈치가 찍히지만, 히요리는 엉덩방아를 찧었기 때문에 엉덩이까지가 기록이다.

난 모래밭에 남은 히요리의 엉덩이 자국과 줄자의 위치로 거리를 체크했다.

(……확실히 크네.)

부드러운 모래밭에는 히요리가 엉덩방아를 찧은 흔적이 선명하게 남아있었다.

손도 짚지 않고 그대로 힘차게 지면에 힙 드랍한 덕분에 모래밭이 그녀의 엉덩이 크기를 선명하게 기록했다.

평소에는 스커트에 가려져 있고, 애초에 의식해서 보려고 하지도 않았지만…… 정말 크다.

스스로 크다고 자부하는 게 이해되는 수준이다.

그렇게 기록을 마치고 모래판을 다듬으려는 순간——.

"유스케? 뭘 그렇게 빤히 보는 거야?"

──뒤에서 수라의 목소리가 들린 느낌이 들었다.

인생을 살면서 처음으로 살기를 느껴 뒤돌아보니 분노가 아닌 차가운 웃음을 띤 히요리의 모습이 비쳤다.

"기록이 그렇게 알아보기 어려웠어? 계~속 보고 있던데~?"

"아, 아니, 그건 그러니까, 저기……."

키로 화내던 때와는 비교도 안 될 정도의 노기가 히요리의 온몸에서 뿜어져 나왔다.

그 모습을 보고 당황한 나에게 정색한 그녀가 말했다.

"……보고 있었지, 내 엉덩이 자국. '우와~! 진짜 크네~! 키는 148cm 땅꼬마인 주제에 엉덩이만 이렇게 크냐! 이러니까 착지도 똑바로 못 하지!'라고 생각했지?!"

"그렇게 구체적인 생각은 안 했어!!"

"……조금은 생각했다는 뜻이네?"

"아……!!"

자신의 실언을 후회했을 때는 이미 늦었다.

꽉 쥔 히요리의 주먹이 등에 투덕투덕 쏟아졌고, 난 매도하는 그녀에게 사죄의 말을 되풀이했다.

"유스케 변태! 엉덩이 페티시! 눈치 없어!! 바~보! 바~보! 바~~보!"

"악, 잠깐, 아악! 미안! 그럴 생각은 없지만 왠지 눈에 띄어서──!"

"무의식적으로 다른 사람의 엉덩이가 크다고 생각하지 마!! 내 스스로 말하거나 누가 살짝 보는 정도라면 몰라도 그렇게 뚫어져라 보면…… 부끄럽잖아!"

"진짜 미안!!"

이건 명백하게 내 잘못이다. 성심성의껏 사과할 수밖에 없다.

이윽고 분노와 부끄러움에 얼굴을 빨갛게 물들이고 내 등을 때리는 걸 멈춘 히요리는 볼을 부풀리면서 입을 열었다.

"……매점에서 파는 푸딩, 사줘. 그걸로 넘어갈게."

"아, 알겠어……!"

이번 실수를 용서받을 수 있다면 그 정도는 싼 거다.

내가 히요리에게 머리를 깊이 숙이자, 히요리는 팔짱을 끼고 날 쳐다보았다. 정말 재밌는 광경을 목격한 타누마 선생님은 입을 크게 벌리고 웃으면서 말했다.

"하하하하핫! 엉덩이에 깔려서 꼼짝 못 하는구나! 뭐, 자기도 모르게 쳐다볼 정도의 엉덩이라면, 깔려도 만족스러운 거 아니냐, 오가미? 아하하하하하핫!"

──아까 한 말 취소. 이 사람은 나쁜 사람도 이상한 사람도 아니다. 그냥 인간으로서 굉장히 문제 있는 사람이다.

그 말에 히요리의 기분이 또 살짝 안 좋아진 것을 느낀 나는, 무슨 일이 있어도 타누마 선생님이 고문을 맡은 부활동에는 들어가지 않겠다고 머리를 숙이면서 굳게 맹세했다.

"푸딩입니다. 부디 받아주십시오……!"

"음! 이번 실태는 이걸 봐서 용서해 주마!"

그렇게 맞이한 점심시간, 난 학교 옥상에서 히요리에게 공물인 푸딩을 헌상했다.

약간 장난을 쳐도 용서받는 정도는 기분이 풀린 것 같아서 다행이다.

나는 벤치에서 그녀 옆에 앉아서 매점에서 산 빵 봉지를 뜯었다.

"어? 유스케, 도시락이 아니네? 요리를 잘하니까 직접 만드나 싶었는데."

"오늘만. 평소에는 전날 먹고 남은 걸 싸 오는데, 아무래도 카레는 그러기가 좀 그렇잖아?"

"아~, 그렇구나! 같이 먹었는데 깜빡 잊고 있었어."

그렇게 말하면서 빵을 입 안 가득 넣고 우물우물 먹는 히요리. 나는 왠지 그녀가 작고 귀여운 동물처럼 보여서 살짝 웃어버렸다. 하지만 이것도 실례라 여기면 이번엔 푸딩으로 끝나지 않겠지. 나는 잘 얼버무리고 사 온 빵을 먹기 시작했다.

성급하게 먹은 탓인지 약간 목이 막혀 서둘러 차를 들이켜고 한숨 돌렸다.

"있잖아…… 유스케, 아까 타누마 선생님한테 농구부에

오라는 권유를 받았지?”

“아, 들었어? 매번 거절하는데 그 선생님, 끈질기단 말이지…….”

“선생님은 포기하기 어렵겠지. 키도 크고 운동 신경도 좋은 데다 엄청난 점프까지 보여줬으니 탐날 수밖에.”

“……그렇게까지 좋게 평가해 주는 건 기쁘긴 한데, 그래도 이미 그만둔 거니까.”

우리 집에는 아버지가 안 계신다. 어머니가 그만큼 열심히 일하는 덕분에 불편함을 느끼지 않고 생활하고 있지만, 동생인 마사토와 타이가의 장래를 생각하면 조금이라도 가계에 드는 부담을 줄이고 싶다.

부활동은 제법 돈이 든다. 농구부라면 유니폼, 연습복, 농구화는 기본이고, 원정 경기 교통비와 숙박비 등 잡다한 부분에서도 추가 지출이 있다.

연습이 있는 날은 도시락도 따로 챙겨야 하고, 이온 음료도 자기 부담이다. 이런 걸 3년이나 하면 지출과 수고도 상당할 수밖에 없다.

솔직히 당장 그것도 어려울 만큼 절박한 가정 상황은 아니지만, 앞으로 돈 들어갈 일을 생각하면 아껴야 한다. 동생들이 고등학교 내지는 대학교나 전문학교에 들어가면 그만큼 지출이 생기니까.

“가족을 위해 유스케가 희생하는 거야?”

"그런 거창한 의지가 아니야. 그저 나는 가족이 소중하고, 어머니와 동생들을 돕고 싶을 뿐인 거지."

이건 내 진심이다. 아버지가 돌아가신 후로 넷이 서로를 지탱하며 살아왔다. 나는 가족을 위해서라면 뭐든지 할 각오가 있다.

농구를 정말 좋아했지만, 어머니나 동생들과 저울질할 정도는 아니다. 그러니 희생 같은 거창한 의식은 없다. 그저 내가 바라서 선택한 길이다.

히요리는 내 이야기를 듣더니 약간 망설인 후에 이렇게 말했다.

"하지만…… 미련이 없는 건 아니잖아?"

"뭐 그렇지."

히요리의 말대로 농구에 미련이 없는 건 아니다. 지금도 코트와 공이 조금 그리워질 때가 있다.

그래도 내 선택은 이쪽이다. 가족의 뒷바라지를 하는 게 지금 나의 역할이고 하고 싶은 일이다.

"유스케는 많은 걸 짊어지고 있구나. 고생이 많네."

"막상 보면 또 그렇지도 않아. 그러는 히요리는? 부활동 안 해?"

"지금은 딱히 생각 없어. 운동도 잘 못하고, 문화부도 별로 관심 없고."

"그러면 운동부 매니저는? 히요리는 그런 일도 잘할 것 같은데.”

“……중학교 때는 실제로 매니저였어. 그래서 여기서도 농구부 매니저를 할까 고민했는데…… 상황이 그렇게 돼버 렸으니, 이제는 좀…….”

“아, 그렇겠구나.”

농구부에는 코우마가 있다. 만약 매니저가 되면 바람을 피운 데다가 자신을 버린 전 남자 친구와 매일 얼굴을 맞대야만 한다. 그건 너무 잔혹하다.

“심지어 그 여자애가 이미 농구부에서 매니저를 하고 있대. 시무라 니나.”

“어?! 진짜?”

“응. 어쩐지 그 바보, 내가 매니저 하는 걸 싫어하는 눈치더라니……. 여자 친구랑 바람 상대가 항상 옆에 있으면 그야 마음이 편하지 않겠지.”

하아…… 하고 성대하게 한숨을 쉬는 히요리에게 무슨 말을 해야 할지 잘 모르겠다.

상심했다기보다는 질린 것 같았고, 충격은 그렇게까지 크지 않은 것 같지만…… 그래도 타격이 없지는 않을 거다.

“미안. 나 때문에 안 좋은 일을 떠올리게 했네.”

“유스케는 잘못 없어. 전부 그 바보랑 그 여자애가 잘못 한 거지. 나는 유스케한테는 고맙게 생각해. 덕분에 기운 차릴 수 있었는걸. 네가 아니었다면 난 지금도…….”

히요리는 말을 멈추고 날 가만히 바라봤다.

그녀의 시선에 긴장한 내가 시선을 이리저리 돌리고 있으니 그녀가 물었다.

"유스케는…… 이미 가족이 있는데도 나까지 도와준 거잖아? 계속 그러면 힘들지 않아? 누군가에게 기대고 여유롭게 지내고 싶다는 생각은 안 해?"

"뭐어, 그야…… 가끔은."

"……그렇구나. 그럼——."

갑작스러운 질문에 난 횡설수설하면서 솔직하게 대답했다.

내 대답을 듣고 미소를 지은 히요리는 빈 푸딩 컵을 앉아있던 벤치에 놓더니 천천히 일어나…… 내가 있는 쪽으로 돌아서서 양팔을 벌렸다.

"……자."

"……응?"

히요리는 내 앞에서 양팔을 벌렸다. 나는 뭘 하고 싶은 건지 이해하지 못해 그저 되묻는 게 고작이었다.

그녀는 미소를 띤 채로 조용히 이렇게 답했다.

"가끔은 기대고 싶다면서? 이리 와. 내가 꼬~~~~옥 해 줄게."

"……꼬옥이라니?"

"아이참. 안아주겠다는 말이잖아."

히요리가 다시 말을 앵무새처럼 따라 한 나에게 장난스럽게 웃으면서 말했다.

달콤함과 따뜻함, 그리고 아주 약간의 위험한 향을 품은 그 목소리를 들은 난 얼굴을 붉히고 고개를 좌우로 젓기 시작했다.

"아, 아니! 이렇게까지 해줄 필요는 없지 않을까? 기, 기댄다는 건 애초에 그런 뜻이——!"

"부끄러워하지 않아도 돼. 우리 말고는 아무도 없어."

"그런 문제가 아니라……!!"

꼬옥 한다, 껴안는다, 허그를 한다…… 표현 방법은 여러 가지가 있지만 그 말들을 듣고 떠오르는 광경은 전부 똑같다.

자신이 여자아이와 서로 껴안는다? 있을 수 없는 일이건만…… 히요리는 내 말을 듣지 않고 거리를 좁혀왔다.

"아쉽게도 난 유스케가 기대면 받아주겠다고 방금 정했어. 자, 어서 포기하고 꼬~~옥 안겨."

"아무리 그래도 이건—— 아앗?!"

히요리가 내 넓적다리에 올라타듯이 벤치 위에 무릎을 꿇었다. 그러고는 허리가 내 배에 닿을 정도로 가까이 다가오더니, 그대로 상반신을 내 몸에 맡기듯이 기댔다. 입술이 닿을 것만 같을 정도로 얼굴을 가까이하더니 미소를 띠면서 말했다.

"아핫, 이 자세에서는 키 차이도 상관없네! 유스케의 얼굴이 평소보다 훨씬 가까이에 있으니 신선해!"

키가 180cm가 넘는 나와 148cm인 히요리. 우리 사이에는 30cm 이상의 차이가 있어서 나란히 서도 거리감이 있었다.

다만 지금은…… 그녀와 나 사이의 거리가 사라졌다.

지금까지 본 적이 없을 정도로 가까운 거리에서 똑바로 히요리의 시선을 받은 내가 얼굴을 한층 더 빨갛게 물들이는 가운데, 그녀가 내 목에 팔을 둘렀다.

"자, 유스케. 부끄러워하지 마."

"아니, 그…….."

히요리가 손으로 내 볼을 만졌다. 즐거운 듯이, 기쁜 듯이 웃는 그녀.

나는 머뭇거리면서 손을 히요리의 허리와 등에 두르고 아주 살짝 힘을 줬다.

"응……! 응, 잘했어. 그럼 기다리고 기다리던~ 꼬옥~! 안는 시간이야!"

"잠깐……?!"

히요리가 그렇게 말하면서 내 볼을 밀어 얼굴을 기울였다. 그러고는 내 왼쪽 어깨에 턱을 올리고는 팔에 힘을 줘서 부드럽고 강하게 안아줬다.

"후훗……! 크네…… 내가 안아야 하는데, 유스케한테

감싸였어."

자세로 키 차이는 좁힐 수 있어도 체격 차이는 어쩔 수 없다.

내 품에 히요리의 작은 몸이 쏙 들어와 있어서 확실히 그녀의 말대로 내가 히요리를 안고 있는 것처럼 보일 것이다.

하지만…… 내 안에서는 정반대였다.

키가 150도 안 되는 이 작은 여자애에게 모든 걸 맡기는 듯한…… 그런 기분이 들었다.

"에헤헤……! 유스케, 움직이면 안 된다?"

"……?!"

몸을 아주 약간 떨어뜨린 히요리가 목소리에 의미심장하게 속삭였다.

그녀는 내 뒤통수를 그대로 자기 가슴팍 쪽으로 끌어당겼다.

부드러운 햇살 같은 듯한 따스함에 나는 차차 졸음이 찾아왔다.

"착하다 착해…… 유스케는 장하구나. 어머니와 동생들을 위해 열심히 하고 있어. 정말 착한 아이야. 그리고 정말 다정해. 그냥 같은 반 애였던 나도 걱정해 주고…… 곁에서 지탱해 주었어. 고마워. 정말 감사해."

"히요리……."

"그러니까 응석 부리고 싶을 때는 잔뜩 응석 부려. 힘든

일도, 답답한 기분도, 네 안에 떠안지 마. 괴로워지면 언제
든지 이렇게 꼬~~~옥…… 해줄게. 자, 긴장 풀어. 지금
은 나한테 전~부 맡겨."

"…………."

머리를 부드럽게 쓰다듬을 때마다, 달콤한 목소리로 귓
가에 속삭일 때마다, 마음을 녹이는 듯한 따뜻함과 부드러
움을 느낄 때마다…… 히요리가 모든 걸 감싸는 느낌에 빠
져들어 갔다.

이렇게 작은 몸으로 나를 받아들여 안아주니…… 순도
100%의 상냥함이 마음에 스며들면서 편안함이 퍼져나갔다.

솔직하게, 자연스럽게, 마음속 깊은 곳에서…… 행복을
느꼈다.

이렇게나 날 생각하고, 감사하고, 안아준다. 아마 나는
세상에서 가장 행복한 시간을 보내고 있는 게 아닐까.

난 졸음과 히요리의 품속에서 마음을 가라앉혔다. 정말
평온한 시간이었다.

성가신 타누마 선생님의 권유도, 마음속의 답답함도, 쌓
였던 피로도…… 볕 아래 놓인 얼음처럼 서서히 녹아 사라
진다.

내가 얼마나 이렇게 시간을 보냈는지 모르겠다.

문득 정신을 차리고 보니 점심시간의 끝을 알리는 예비
종이 울리고 있었다.

그 소리를 듣고 눈을 뜨고 얼굴을 든 나에게 부드러운 미소를 띤 히요리가 말했다.

"시간 다 됐네."

"아아, 응…… 슬슬 교실에 가야지……."

"후후후……! 혹시 아쉬워? 내가 좀 더 꼬옥~ 해줬으면 좋겠어?"

"으……."

히요리의 말대로다. 난 이 시간이 끝나는 게 아쉽다고 생각하고 있고, 그녀의 등과 허리에 두른 팔을 풀지 않고 있었다.

그래도 히요리를 곤란하게 할 수는 없다고 생각하며 자제해서 그녀를 놓아주니 히요리는 기쁜 듯이 웃으면서 이렇게 말했다.

"뭔가 조금…… 아니, 꽤 기쁠지도. 유스케, 생각보다 훨씬 더 좋아해 준 것 같고."

"……부끄럽지만 엄청 편안했습니다……."

"아핫! 진짜 귀엽네, 정말……!!"

따뜻함, 부드러움, 안심감, 그 모든 것이 마음을 안정시켜 줬다.

감상을 이야기하면 기분 나쁠 것이고, 애초에 부끄러워서 그런 이야기를 할 수 있을 리가 없는 난 얼굴을 빨갛게 물들이면서 히요리에게 감사할 수밖에 없었다.

“……진짜 고마워. 갑작스러워서 깜짝 놀랐지만, 덕분에 이래저래 마음이 가벼워졌어.”

“후후훗! 신경 쓰지 마! 이건 열심히 하는 유스케에게 주는 상이랑 신세를 지고 있는 것에 대한 보답 같은 거니까!”

그렇게 말하고 벤치에서 일어난 히요리를 따라서 나도 심호흡을 한 번 하고 일어섰다.

오후 수업뿐만 아니라 앞으로 한 달 정도는 힘낼 수 있을 만한 기운을 받았다.

그때 히요리가 손가락을 튕기며 실수했다는 듯 중얼거렸다.

“아차~ 이 세상 남자들이 동경하는 ‘괜찮아? 가슴 만질래?’를 해볼 기회였는데! 왜 그 생각을 못 했지?”

“아~ 아무리 지쳤어도 그건 필사적으로 사양하지 않았을까.”

“그렇겠지. 그런 말로 가볍게 넘어올 남자였으면 애초부터 하지도 않았어.”

이건 신뢰한다는 뜻으로 받아들이면 되는 걸까?

어쩐지 그녀의 손바닥 위에서 놀아나는 느낌이 들지만, 나에게 이렇게 따뜻함과 장난스러움, 그리고 신뢰가 섞인 웃음을 지어주는 건 솔직하게 기뻤다.

“아, 그래도 좀 걱정했어! 유스케가 이 기회에 엉덩이를 움켜쥐면 어쩌지~? 싶었거든! 유스케는 엉덩이를 엄청 좋아하는 엉덩이별 사람이잖아!"

"그 불명예스러운 칭호는 받아들일 수 없어! 애초에 난 그런 짓 안 해!!"

옥상에서 교사로 들어와 계단을 내려갈 무렵에 우리는 평소대로 상태로 돌아와 있었다.

하지만…… 내 마음속에서는 히요리와의 관계를 그냥 친구라 불러도 될지 알 수 없는 마음도 생겨나 있었다.

난 지금까지 인생을 살면서 여자 친구는 한 번도 없었지만…… 아마 그냥 여사친과는 그렇게 안거나 하지 않을 것이다.

그렇다면…… 최악의 전개로 버림받고 연인에게 차이는 현장을 봐버린 후에 시작된 우리의 이 관계에 어울리는 표현은 무엇일까?

포옹하기 전보다 훨씬 더 가깝게 느껴지게 된 히요리의 웃는 얼굴을 바라보고 나도 미소를 지었다.

●

"요~시히데! 체력 테스트 수고했어!"

"오오……! 니나! 수고했어."

오후 수업, 귀찮은 체력 테스트를 끝내고 반으로 가는 도중에 팔을 쭉 잡아끌려 그늘로 끌려간 나는 미소녀의 달콤한 목소리를 듣고 싱글거렸다.

긴 흑발을 휘날리면서 미소를 보이는 이 미소녀가 바로 얼마 전에 정식으로 내 여자 친구가 된 시무라 니나다.

지금까지는 히요리 몰래 사귀는 두 번째 여자 친구였지만, 그 녀석과 관계가 끝나면서 지금은 니나가 여자 친구가 된 것이다.

내가 히요리와 헤어진 것…… 다시 말해서 바람피운 걸 들켰다고 전했는데도 니나는 초조하기는커녕 방해꾼이 사라져 속이 시원한 듯한 반응이었다.

"대단한 성적이네. 요시히데는 운동 신경이 좋으니까 반 여자애들한테 주목받겠지~! **여자 친구**로서 좀 질투날지도."

"하핫! 딱히 대단한 건 안 했어. 그냥 뛰고 달렸을 뿐이니까. 여자들도 딱히 주목 안 했지?"

"그래도 역시 불안해~! 내 남자 친구는 엄청 멋있으니까……!!"

속삭이는 듯한 목소리로 그렇게 말하면서 아양 떨듯이 웃음을 보이는 니나의 말과 행동에 난 짜릿한 희열을 느꼈다.

그래, 이거다. 예쁜 여자애한테 열렬한 사랑을 받고 있다는 실감. 남자 친구, 여자 친구라는 말이 난무하고, 우리가 사귀고 있다고 느낄 수 있는 대화. 오싹오싹한 이 느낌이 내가 바라던 것이다.

히요리와 사귀어도 맛보지 못했던 이 희열을 니나는 몇 번이나 느끼게 해준다.

여자 친구답다고 해야 할까, 지금까지도 바람 상대로서 애교를 부렸는데 정식 여자 친구로 승격한 지금은 한층 더 애교를 부리며 나에게 훨씬 더 과감하게 다가온다.

이 상태로 가면 당장이라도 하게 해줄지도……?! 니나가 애교 부리는 걸 보면서 이전에 가슴을 만지게 해줬을 때 들은 '고등학생이 되면 더 대단한 걸 하게 해줄게'라는 말을 떠올리자 나도 모르게 미소가 지어졌다.

뭐, 가슴은 조금 부족하지만 니나도 작은 건 아니다. 차원이 다른 히요리의 폭유에 익숙해져서 상대적으로 작게 느껴지는 것이다.

그리고 니나에겐 히요리 정도의 가슴은 없지만 그 이상으로 훌륭한 부분이 있다.

니나는 내 생각을 꿰뚫어 본 것처럼 근처 복도를 걸어가는 동급생들에게 들리지 않을 것 같은 속삭이는 목소리로 이렇게 말했다.

"요시히데는 참 인기가 많아~! 농구부에서도 기대받는 에이스라 불리고 있고~. 올해 매니저가 많은 것도 요시히데를 노리는 애가 잔뜩 있어서 그런 거거든. 뭐, 나도 그중 한 명이지만!"

자랑은 아니지만 난 인기가 많다. 중학교 때부터 농구부에서는 에이스였고 얼굴도 나쁘지 않다는 자부심이 있었다.

중학교 때는 소꿉친구인 히요리가 있어서 다들 나에게 말을 안 걸었지만…… 그 녀석과의 관계를 모르는 사람이 많은 고등학교에 입학한 후로는 그런 제약에서도 빠져나왔다.

괜찮은 느낌으로 키가 큰 스포츠맨이고 운동 신경은 발군! 얼굴도 잘생겼고 성격도 좋고 커뮤니케이션 능력도 있는 나에게, 인기 부활동인 농구부에서 에이스로서 기대를 모으고 있다는 간판까지 붙으면 여자들이 의식하는 것도 당연한 일이다.

이미 10명 정도의 여자들이 내 연락처를 물었고, 그중에서 귀엽다고 생각한 아이하고는 니나에게 보고하고 연락처까지 교환했다.

"내 첫 번째는 니나야. **지금은**. 하지만 앞으로 취향인 여자애가 나한테 어필하면 눈이 갈지도 몰라~!"

"후후후……! 괜찮아, 알고 있으니까. 난 요시히데한테 버림받은 한심한 전여친하고는 달라. 소꿉친구 관계에 안주하고 요시히데를 전혀 즐겁게 해주지 않은 그 꼬맹이하고는. 누가 무슨 짓을 해도…… 내가 요시히데를 빠져들게 만들어서 떠나지 못하게 해줄게♥"

(우효~~~! 이거지 이거야! 바로 이거라고!!)

살짝 위험한 분위기를 띠면서 달콤하게 속삭이는 니나.

집착이라고 할까, 자존심이 세다 해야 할까, 내가 넌지시 바람피울 것이라 말해도 그걸 거부하기는커녕 받아들이고 첫 번째가 되어 보이겠다는 니나의 말을 듣고 난 참을 수 없을 정도로 흥분하고 말았다.

최악이라는 말을 내뱉고 떠나간 히요리와는 다르게 당당하다. 나에 대한 마음을 관철하고 있다. 사랑하는 남자의 모든 것을 받아들이는 넓은 도량과 강한 질투심의 공존이 내가 니나에게 빠진 큰 이유다.

"자, 가슴 크기 말고는 장점이 없는 키 작고 못생긴 여자 같은 건 빨리 잊어버려~! 멋진 모습을 보여주면 마음껏 만지게 해줄 테니까……!!"

"오오오오오오……?!"

내 왼팔을 꼭 안고 가슴의 골짜기에 팔을…… 끼울 정도는 없지만, 그래도 바짝 가져간 니나가 귓가에 속삭였다.

이 자극! 팔에 전해지는 부드러움! 특별한 관계인 남녀에게만 허용되는 체험! 모든 게 최고다!!

(어떠냐, 오가미? 너도 히요리가 등에 큰 가슴을 대서 좋아하고 있겠지만, 그런 건 별것 아니라고!)

난 마음속으로 오가미에게 우쭐대면서 비어있는 오른팔을 바라보고 씨익 웃었다.

언젠가 히요리에게 이쪽 팔을 안게 하고 그 폭유 사이에 오른팔을 끼워야…… 아니, 더 많은 여자애한테 둘러싸이는 하렘왕이 된 내 모습을 오가미에게 보여주기로 정한 나는 유쾌한 기분을 유지하며 더 환하게 웃었다.

"……슬슬 교실에 갈까? 계속 이러고 있으면 누가 볼지도 모르니까."

"앗……!!"

내 왼팔을 놓아준 니나가 내 등을 살짝 밀면서 말했다.

좀 더 그 부드러움을 맛보고 싶었지만 어쩔 수 없다. 앞으로의 즐거움으로 남겨두도록 하자.

(히요리가 돌아오면 니나랑 날 두고 쟁탈전을 벌이겠지? 그렇게 되면…… 헤헤헷!)

군침이 돌 것만 같은 행복한 전개를 상상한 나는 니나와 시간을 두고 교실로 가기로 했다.

니나와 사귀고 있다는 걸 들키면 나에게 적극적으로 다가오는 여자들이 줄어들고 만다. 그런 아까운 사태를 피하기 위해서도 주의해야만 한다.

난 고등학교 입학과 동시에 찾아온 인기를, 니나와의 달콤한 시간을 마음껏 즐기기로 정했다.

여자 가슴 하나도 못 만지는 오가미와는 달리 최고의 학교생활을 하겠다고 생각하며…… 며칠 전의 안 좋은 기억을 완전히 잊어버린 난 희열에 차서 통통 뛰며 교실로 향했다.

제3장 히요리와 연락처를 교환하자!

"아~! 히요리, 진짜 괜찮은 애였지~! 우리 집에도 여자애가 한 명 정도 있으면 좋았을 텐데~!"

"어머니, 그 이야기만 몇 번째야?"

어느 날 밤, 목욕하고 나와 거실로 돌아온 나는 기분 좋게 이야기하는 어머니와 그 이야기를 듣고 싫증 내는 마사토의 모습을 보고 쓴웃음을 지었다.

두 사람의 대화를 무시하고 근력 운동하는 타이가에게 욕실이 비었다고 전하는 와중에 어머니가 나에게 말을 걸었다.

"유스케! 히요리는 다음에 언제 와?"

"나도 몰라. 전에도 어쩌다가 그렇게 된 거였다고. 걔도 가벼운 마음으로 놀러 가고 싶다고 말할 수 없겠지."

"그러면 우리가 부르면 되잖아! 다음에 고기 파티할 거니까 괜찮으면 놀러 오라고 해!!"

""고기라고?!""

집에서는 냄새가 배니까 좀처럼 안 하는 고기 파티 개최 선언을 들은 동생들이 과민하게 반응했다.

고기 구워 먹을 생각에 기쁨의 춤을 추는 두 사람을 보면서 한숨을 쉰 나는 어머니에게 말했다.

“알았어. 그러면 내일 학교에서 물어볼게.”

“내일? 왜 지금 안 물어보고?”

“아니, 지금 어떻게 해? 어차피 내일 만나니까 내일 전하면 되잖아.”

“그냥 전화하면 되잖아! 아니면 메시지라도 보내든가!”

“히요리의 연락처도 모르는 데 무슨 수로?”

내가 그렇게 말하자마자 기쁨의 춤을 추던 마사토가 경악했다. 도무지 믿을 수 없다는 눈치였다.

“어이, 형. 농담이지?!”

싫증 내랴 기뻐하랴 경악하랴, 참 바쁜 녀석이군.

“아니, 왜 모르는데?! 메신저에 등록 정도는 하라고!”

“어떻게 해! 히요리랑 대화하기 시작한 게 불과 며칠 전이었다고. 그전에는 그냥 타인이었단 말이야.”

“뭐, 진짜⋯⋯?! 그럼 만난 지 하루이틀 만에 집에 데려온 거야? 그게 더 충격인데?”

확실히 친구가 된 이튿날에 집에 초대하고 서로를 이름으로 부르는 관계가 된 건 감각이 좀 이상해지는 속도였다.

가족에겐 말하지 않았지만 저번에 안아주기도 했고⋯⋯. 그렇게 생각하니 연락처를 몰라서 놀라는 동생들의 반응은 정상이라는 생각이 들기 시작했다.

“지금까지 연락으로 이야기가 나온 적이 없어? 번호를 가르쳐 달라든가.”

"없는데. 그런 이야기는 별로 안 했어."

타이가의 질문에 잠깐 생각한 후에 그렇게 대답했다.

애초에 히요리가 남자 친구에게 버림받고 심한 말을 듣고 있는 현장에 마침 내가 있어서 친해지는 계기가 생겼다는 것을 내 가족은 모른다.

보통은 이런 일은 있을 수 없지……. 그런 전개이니 나와 히요리의 기묘한 관계가 신경 쓰일 것이다.

지금까지 우리의 이야기를 조용히 듣고 있던 어머니는 고개를 끄덕인 후에 입을 열고 나에게 말했다.

"유스케. 그거, 히요리는 네가 연락처를 물어보는 걸 기다리는 거 아냐?"

"내가……?"

"먼저 이름으로 부르기 시작한 것도 걔고, 우리 집에 간다고 한 것도 히요리잖아? 즉, 넌 항상 수동적인 상태인 거지. 히요리가 보기엔 네가 정말로 자신과 친해지고 싶은 건지 가늠하기 어렵지 않을까?"

"아, 다시 말해서 그건가. 네게 그럴 마음이 있으면 직접 연락처를 물어봐라?"

"어쩌면 그럴 수도……."

어머니의 조언을 들은 나는 그 조언이 정곡을 찌르고 있는 게 아닐까 하고 생각했다.

히요리가 내 반응을 보길 원해도 그리 이상하지는 않다.

코우마 바람 사건으로 지금까지 자신을 어떻게 대했는지를 돌아본 히요리는 코우마가 자신을 이용하기 좋은 상대 정도로만 생각했다는 것을 깨달았다.

모처럼 연인이 되었는데 그 직후에 남자 친구는 다른 여자와 바람을 피웠고, 그 관계를 지키기 위해 히요리에게 사귀는 티를 내지 말자고 하는 수작까지 부렸다. 결과적으로 히요리는 배신당한 끝에 깔끔하게 버림받았다.

……아니, 아니다. 깔끔하게 버림받은 게 아니라 가슴을 만지게 해주면 관계를 다시 생각해 본다는 굴욕적인 말을 들었다.

코우마에게 있어서 우선해야 할 사람은 바람 상대이고, 히요리는 편하게 즐길 수 있는 몸만 이용하는 관계로 있을 수 있으면 좋겠다는 생각이 그의 언행에서 훤히 보이는 순간이었다.

그런 일을 당하면 대인 관계를 경계할 수밖에 없다. 상대가 먼저 다가오기를 원하는 게 당연하다.

난 히요리와 친해지고 싶고, 그녀가 웃는 얼굴을 더 보고 싶다. 이 마음이 진짜라면 언제까지고 수동적으로 있으면 안 된다.

물론 이 모든 생각이 틀려서 연락처를 물었을 때 기분 나빠하며 거절…… 당할 수도 있지만, 상처받기를 두려워하면 아무것도 바꿀 수 없다.

그래, 굳이 이후의 일까지 복잡하게 생각할 필요는 없다.

내 솔직한 심정을 히요리에게 보여주는 것부터 시작하자.

“……알았어. 내일 언제 시간 비는지 물어보고 올게. 그리고 연락처도.”

여느 때와 다르게 그렇게 단언한 나를 보고 놀랐는지 동생들이 눈을 휘둥그레 뜨고 소리를 냈다.

““오오……?!””

어머니는 그런 날 바라보면서 미소 짓더니…… 조용히 응원해 줬다.

“잘하고 와, 유스케. 괜찮아. 넌 엄마 아들이니까!”

“좋은 아침, 히요리. 갑작스럽지만 할 얘기가 있는데.”

“안녕, 유스케. 뭔데?”

아침에 히요리가 등교한 타이밍에 말을 건 나는 인사한 후에 바로 이야기를 꺼냈다.

난 주머니에 넣은 스마트폰을 세게 쥐고 초조함과 긴장을 애써 감추며 히요리에게 말했다.

“사실은 어머니가 이번에 고기 파티할 거니까 히요리도 부르라고 했거든. 괜찮으면 와줬으면 하는데…… 어때?”

“어?! 그래도 돼?! 갈래, 갈래! 마리에 아주머니한테도 기대하고 있다고 전해줘!”

“그래? 다행이다. 엄마도 좋아할 거야…… 그리고, 이게 본론인데——.”

“응? 이게 본론이 아니야?”

지금 이야기는 어디까지나 서론. 농구로 치면 패스를 받았을 뿐이다.

가족의 후원을 받고 각오를 다진 난 숏을 위해 주머니 속에서 쥐고 있던 스마트폰을 꺼내 라인을 열고 히요리에게 건넸다.

약간 놀란 얼굴로 나와 스마트폰을 번갈아 보는 히요리.

“——번호 좀 가르쳐줄래? 히요리가 괜찮다면…….”

“어……?!”

히요리의 표정이 더더욱 놀란 빛으로 물들었다.

눈을 크게 뜨고, 목소리를 흘리고, 예상 밖이라는 말이 얼굴에 적혀 있을 정도로 놀란 그녀의 반응을 보면서 앞으로 어떻게 될지 긴장해 마른침을 삼키는 가운데, 똑같이 숨을 죽인 히요리가 흥분해서 대답했다.

“괘, 괜찮지! 물론 괜찮아! 그러고 보니 아직 서로 등록을 안 했구나! 완전히 잊고 있었어!”

“아하하. 실은 나도 그래. 어제 깨달았어.”

부자연스럽게 높은 목소리를 내면서 가방에서 스마트폰을 꺼내 조작하는 히요리. 어쩐지 매우 동요하고 있는 것처럼 보였다. 침착하지 못하기는 내가 더 하지만…….

그걸 필사적으로 억누르면서 그녀가 표시해 준 QR코드

를 내 스마트폰으로 읽었다.

"이러면 되나? 뭐 좀 보내볼게."

"으, 응! ……아, 왔다 왔다!"

히요리의 계정을 친구 등록하고 메시지를 보냈다.

그러자 바로 읽음 표시가 뜨면서 동시에 귀여운 이모티콘이 답장으로 왔다.

무사히 연락처를 교환한 것을 기뻐하고 내가 웃음을 지은 가운데…… 갑자기 반 여자들이 히요리에게 말을 걸었다.

"안녕~, 히요리. 뭐 해?"

"앗, 안녕! 지금 유스케랑 연락처 교환하고 있는데……."

"어?! 뭐야, 뭐야?! 진짜?! 누가 먼저 말 꺼낸 건데?!"

"잠깐만, 그보다 호칭! 히요리! 언제 오가미랑 그런 사이가 된 거야?! 혹시 둘이 사귀어?"

"아, 아니, 그런 게 아니라! 어, 그러니까……."

갑작스럽게 질문을 받은 탓인지 히요리는 이래저래 부주의한 대답을 해버린 것 같았다.

그 한마디로 여러 가지 망상을 부풀리는 친구들에게 무엇을 어떻게 설명하면 좋을지 몰라 약간 혼란스러워하는 그녀를 돕기 위해 내가 쓴웃음을 지으면서 입을 열었다.

"사귀는 건 아니야. 애초에 사귀는 사이면 오늘 번호를 등록하는 건 이상하잖아?"

“그건, 그렇네. 그러면 왜 유스케라고 부르는 거야?”

“얼마 전에 가족이랑 같이 있을 때 히요리랑 마주쳤어. 꽤 오랫동안 다 같이 이야기하게 됐는데, 히요리는 착하잖아. 동생들의 이름도 제대로 불러줬는데…… 그러다가 나도 이름으로 부르게 된 거야.”

“뭔가 수상한데……! 그런 거면 오가미가 히요리를 이름으로 부를 이유는 없잖아! 역시 수상해!!”

“그렇긴 하지만, 상대가 이름으로 부르는데 나만 서먹하게 부르면 좀 이상하게 보이지 않겠어? 무슨 벽치는 것도 아니고. 더구나, 히요리와는 친구지만…… 나는 지금보다 더 친해지고 싶다고 생각했어. 번호를 물어본 것도 같은 이유고.”

이럴 때는 되도록 자연스럽게 대응하는 게 좋다. 내가 존경하는 NBA 선수도 상대의 트래시 토크에 반응하지 않고 자기 플레이를 관철한다.

인정할 건 인정하고, 그렇지 않은 부분은 부정한다. 동시에 히요리의 자존심과 관련된 부분은 애매하게 넘기고 자신의 솔직한 기분을 표출한다.

여자들은 ‘오오~!’ 하고 감탄한 듯한 반응을 보여줬다.

“오가미는 의외로 밀어붙이는 타입이었구나……!”

“히요리, 조심해! 틈을 보이면 순식간에 오가미한테 잡아먹힐지도 몰라.”

“유, 유스케는 그런 짓 안 해! 너무 놀리지 마!”

“아~, 얘 이미 빠진 거 같은데? 축하해, 오가미 군. 히요리는 이미 네 거야. 나중에 가슴도 마구 만져주라고.”

“하지만 히요리의 가슴, 줄여서 히요찌찌만이 목적이라면…… 어떻게 될지 알고 있겠지?”

“말은 고맙지만, 남녀관계가 아니니까 만질 계획도 없어. 그래도 히요리, 좋은 친구들을 뒀네.”

“으~! 뭔가 말투가 거슬리는데! 엄마처럼 말하고 있어~!”

볼을 부풀리면서 화내는 히요리에게 가볍게 사과하면서 미소를 지었다.

상상했던 것보다 훨씬 떠들썩한 연락처 교환이 돼버렸지만, 난 마음속으로 목적을 달성한 것을 기뻐했다.

“아~, 큰일이네. 너무 좋아서 히죽히죽 웃음이 나와……!”

온몸을 감싸는 물의 따뜻함과 몸속에 퍼지는 행복한 기분에 무심코 히죽거린 나는 욕실 안에서 그렇게 중얼거리면서 천장을 올려다봤다.

철이 들었을 때부터 넓이가 그다지 변하지 않은 욕실의 욕조에 어깨까지 몸을 담그고 떠오를 것만 같은 가슴을 가볍게 누른 난 오늘 있었던 일을 되돌아봤다.

“더 친해지고 싶다니…… 에헤, 에헤헤헤헤헤……!”

오늘 아침에 유스케가 말한 것과 똑같은 말을 한 나는

그 순간에 자신 안에서 다시 따뜻한 행복의 파도가 퍼지는 것을 느끼고 무심코 웃어버렸다.

유스케가 먼저 연락처를 교환하자고 말해준 것도 기뻤지만…… 그 이상으로 그가 해준 말들이 나는 진심으로 기뻤다.

친구들에게 추궁당해 당황했을 때, 유스케는 요시히데가 바람을 피운 것과 그와 관련된 일들을 그럴싸하게 넘겼다.

게다가 친구들 앞에서 나와 친해지고 싶다고 말해준 게 정말 정말 기뻐서 참을 수가 없었다.

'그냥 소꿉친구일 뿐, 그 이상도 그 이하도 아니다'…… 요시히데가 나와의 관계를 표현하던 말이다.

그게 사실이었던 적도 있지만, 1년 전부터 바로 얼마 전까지 우린 연인이 되어 단순한 소꿉친구가 아니게 됐었다.

그렇지만 요시히데는 나와 사귀기 시작한 이후에도 친구들에게 놀림 받고 싶지 않다면서 그 사실을 공표하지 않고 지금까지 해왔던 대로 계속해서 그냥 소꿉친구로서 행동했다.

사귀다니 있을 수 없는 일이다. 친구 이상의 관계가 될 리가 없다. 진짜 그 녀석만큼은 아니다. 요시히데는 여러 형태로 나와의 관계를 부정했고, 나도 그 녀석이 그러고 싶다면 그렇게 하겠다고 생각하며 주위에 계속해서 그냥 소꿉친구라고 말했다.

하지만 언젠가는…… 언젠가 어떤 계기가 있으면 그 녀석도 나와 사귀고 있다는 사실을 주위에 말하고 평범한 연인으로서의 관계를 만들 수 있다고 믿었다.

그날까지는 내가 참으면 된다. 요시히데가 그러고 싶다면 내가 도와주면 된다고…… 그렇게 생각해서 관계를 계속 부정했고, 이윽고 고등학교에 진학하여 관계를 밝힐 수 있게 된 순간…… 요시히데가 바람피우는 걸 알아버렸다.

요시히데는 날 계속 속인 거였고, 오로지 내 몸과 얼굴에만 관심이 있었다. 그렇기에 그걸 먼저 허락한 시무라에게 마음이 완전히 넘어간 상태였고…… 내게 버림받고 싶지 않으면 가슴을 만지게 해달라는 말까지 했다.

그때 나는 현실을 깨달았다. 나는 그저 이용하기 편리한 여자일 뿐이었고, 딱히 사랑받던 게 아니었다.

그 녀석이 계속해서 말하던 '그냥 소꿉친구에 불과하다'는 말은…… 진실이자 요시히데의 본심이었다.

요시히데에게 나는 그저 '그냥 고백받았으니 사귀고, 최종적으로 할 수 있으면 좋은' 관계였다는 걸 깨달은 순간, 너무나 괴롭고 분해서 눈물이 차올랐다.

──만약 그날, 유스케가 나를 걱정하지 않았다면 어떻게 되었을까.

우울해져서 집에 틀어박혀 무릎을 끌어안고 있었거나,

아니면 어리석은 짓을 저지르거나…… 어느 쪽이든 비참한 결과를 쉽게 상상할 수 있었다.

"유스케……."

그는 날 다정하게 대해주고, 격려하고, 도와줬다.

날 웃게 해줬고, 따듯한 가족과도 만나게 해줬다.

요시히데에게 배신당한 지 아직 일주일도 안 지났는데도 이만큼 회복한 건 분명 그의 덕분이다.

그런 그가 모두의 앞에서 선언한 것이다. 나와 친해지고 싶어서 연락처를 물어봤다고.

친구들 앞에서 그가 당당하게 말한 순간…… 난 정말 기뻐서 심장이 두근두근 뛰었다.

숨기기 급급했던 요시히데와는 달리, 유스케는 확실하게 나와 친해지고 싶다고 선언했다.

무엇보다 그 의지를 행동으로 보여주었다. 내게 연락처를 물어보고 집에 놀러 오기 바란다고 말해줬다.

물론 그는 그럴 생각이 아니었을 수도 있다. 내 억측일지도 모른다. 내가 좋을 대로 생각한 걸지도 모른다.

하지만…… 자신의 호의를 전하고, 겁내지 않고 그 호의를 누군가의 앞에서 보인 게 너무나도 기뻐서 마음이 두근거리기만 했다.

어쩌면 유스케는 일부러 나를 신경 쓴 걸지도 모른다. 그러나, 설령 그렇다고 하더라도 나는 굉장히 기쁘다. 그는 내 마음이 어떤지 짐작하고 실행해 준 것이니까.

그런 게 아니라고 하면…… 그건 정말 정말 기쁘다.

유스케가 순도 100%의 배려와 사랑으로 나와 친해지고 싶다고 말해준 것이니까.

"아아~……! 안 돼. 나 이미 완전히 **빠졌어**……!!"

친구가 한 말은 사실이었다. 난 이미 완전히 유스케를 좋아하게 됐다.

하지만 요시히데와 헤어진 지 얼마 안 돼서 이 호감을 그에게 전하는 건 왠지 미안해서 망설여졌다.

물론 요시히데와의 관계를 질질 끌고 있는 건 아니다.

지금 이런 상황에 나에게 고백을 받으면 유스케가 난처해지는 걸 알고 있다는 뜻이다.

내가 고백하더라도 유스케는 자신을 진심으로 좋아하는 것인지, 아니면 요시히데를 대신할 사람을 찾는 건지 판단하기 어려울 거다.

그리고 마음씨 착한 그는 '여자의 마음이 약해져 있을 때 파고들어서 얻어낸 호의가 아닐까……' 하고 고민하거나 괴로워할 거다.

그러니 지금은 때가 아니다. 당분간은 친구인 채로 있자.

나도 유스케와는 친해지고 싶다. 조금씩 서로를 알아가고, 거리를 좁히고, 그런 후에 친해진 계기를 잊어버릴 정도의 시간이 지나면…… 그때 이 마음을 전하자.

그렇게 생각한 난 지금 그와 친해질 계기…… 즉, 유스케의 메시지를 기다리고 있었다.

오늘 밤 연락하겠다는 말을 들은 난 귀가한 후부터 계속 안절부절못했고, 욕실에까지 스마트폰을 가져올 정도로 그의 연락을 애타게 기다리고 있었다.

내가 먼저 메시지를 보낼까도 했지만, 이번에는 기껏 유스케가 먼저 움직임을 보였다. 마지막까지 그가 주도권을 쥐었으면 한다.

그래서 오랫동안 목욕을 계속하고 있던 나는 고대하던 알림이 스마트폰 화면에 표시돼서 환한 웃음을 지었다.

『안녕하세요.
잘 보내졌나요?』

약간 데면데면한 첫 메시지를 본 나는 그 문장이 실로 그답다고 생각했다.

아마 한참을 고민한 끝에 결국 단순한 문장이 됐을 거라고…… 유스케의 생각을 읽은 난 웃으면서 답장을 쳤다.

『잘 보여~! 안심해!』

『다행이다.

지금 한가해?』

　짧은 메시지를 몇 번이고 보내는 걸 보면 유스케의 익숙하지 않은 분위기를 느낄 수 있었다.
　여자아이와 메시지를 주고받는다고 긴장했으리라 생각하면서 난 장난을 겸해서 이런 답장을 보내기로 했다.

『한가해~!
목욕하고 있는데!!』

『나중에 다시 연락할게요. 죄송합니다.』

『앗, 아니야! 신경 안 써도 괜찮아!
못 믿겠으면 통화로 증명해도 돼!』

『그건 제가 괜찮지 않아요…….』

　초고속으로 온 높임말 메시지를 읽고 소리 내서 웃었다.
　놀리는 보람이 있다. 정말 예상대로 반응한다고나 할까?
　유스케와의 대화를 즐기면서 난 그에게 이야기를 꺼냈다.

『고기 파티 말인데, 난 언제든지 괜찮아!

　부모님이 안 오시는 날이 많으니까. 평일이라면 언제든 OK라고 가족한테 전해줘!』

『그럴게.
　엄마도 예정일이 정해지면 전력으로 일을 처리한다고 말하고 있어.』

『무리하시지 말라고 마리에 아주머니한테 전해줘!』

『엄마가「고마워!」래.』

『다들 가까이에 있구나? 뭐 하고 있어?』

『동생들은 춤추고 있어.
　내가 여자애랑 라인을 하는 걸 축복하는 춤이래.』

『잘됐네! 엄청 사랑받고 있잖아!』

『그냥 놀리는 거 같은데…….』

　이렇게 문장을 주고받기만 해도 지금 유스케네 집의 모습이 눈에 보이는 듯했다.

아마 가족이 다 같이 유스케를 놀리면서 따뜻한 눈으로 그를 지켜보고 있겠지.

즐거운 가족의 모습을 상상하며 키득키득 웃은 때였다.

『하~이! 갑작스러운데 내일 방과 후에 어디 안 갈래?

내일 엄마가 외출한다고 하는데, 밖에서 저녁 먹을 생각이야.』

"뭐야……?"

마치 대화를 방해하듯 갑자기 날아온 전혀 다른 사람의 메시지에 난 무의식중에 눈살을 찌푸렸다.

어떤 녀석인가 이름을 확인하니, 코우마 요시히데였다.

(아아, 그렇지. 아직 차단도 안 했구나.)

그 녀석과 헤어진 지 대략 일주일. 그동안 그 녀석과 마주친 건 헤어진 이튿날 태평하게 말을 걸어왔을 때뿐이다.

그 이후로 딱히 아무 접촉도 없길래 시무라와 사귀는 걸로 나와의 관계를 정리한 줄 알았는데, 이제야 갑자기 라인이 왔다.

『지난번 일도 있으니까, 밥 먹으면서 이야기하자!

네가 좋아하는 가게에 가도 좋아. 사줄게!』

“하, 이건 또 무슨 소리래? 네가 뭔데?”

지난번에도 그랬지만, 어떻게 요시히데는 이렇게 미안해하지도 않고 날 대할 수 있는 걸까?

오래전부터 이런 성격인 줄 알고 있었고, 그래서 싸웠을 때 적당히 용서한 적도 많았다.

하지만…… 다른 여자와 바람을 피우며 날 1년 가까이 속여놓고 똑바로 사과도 하지 않고 이런 태도를 보이는 건 역시 말이 안 된다.

아마도…… 아니, 분명 날 얕보고 있다. 요시히데는 적당히 시간을 두고 비위를 맞추면 평소대로 내가 용서할 줄 아는 거다.

하지만 난 그럴 생각이 추호도 없다. 이번 일은 지금까지 했던 싸움과는 비교도 안 될 만큼 중대하고 심각한 일이었다.

역시 요시히데는 날 얕보고 있다. 다른 여지는 없다.

그 녀석에게 난 그다지 중요한 존재가 아니니까 이런 태도가 나오는 거다.

요시히데에게 나는 적당히 대해도 되는 존재임을 아주 잘~ 알았다.

『항상 가는 라멘집에 가면 돼? 그 집 톤코츠 라멘, 너도 좋아했잖아?

아, 학교 끝나고 바로면 저녁 먹기엔 너무 이른가ㅋㅋㅋ 어디 놀러 가자!

노래방은 어때? 1시간 정도 노래하면 적당히 배도 고파지잖아!』

멋대로 이야기를 진행하지 마.

나한테 맞춰준다고 하면서 내 의견을 듣지도 않고 가게를 정하지 마.

이야기를 하고 싶다고 하면서 라멘집을 고르는 것부터가 엉망이다. 대화할 생각은 애초에 없고, 오히려 돈이 아까워서 싸고 양이 많은 가게를 골랐다.

그리고 그런 일이 있었는데 노래방에 같이 갈 리가 없잖아.

그 상황에 가슴을 만지게 해달라고 한 남자랑 굳이 밀실에서 단둘이 있을 리 없다는 건 조금만 생각해도 알 수 있잖아?

"아~! 진짜! 끈질기네!!"

배려나 섬세함 등, 상대를 위하는 생각이 전혀 느껴지지 않는 요시히데의 메시지에 인내의 한계를 느낀 난 큰 소리로 외치면서 욕조에서 일어났다.

철썩! 하는 소리를 울리면서 따뜻한 물이 물결치는 가운데, 더 이상 짜증을 느끼지 않도록 하기 위해 난 스마트폰에 손가락을 뻗었다.

더 이상 그 자식과 메시지를 주고받을 생각은 없다. 아예 차단하자.

그렇게 생각한 난 요시히데의 계정을 차단하려고 했지만, 그때 손끝에 묻어있던 물방울이 스마트폰 화면에 뚝뚝 떨어져 보낼 생각이 없었던 이모티콘을 그 자식에게 보내버렸다.

"앗……?! 귀찮게……!!"

말없이 차단하려고 했는데, 어이없는 실수에 절로 탄식했다.

공교롭게도 잘못 눌러 보낸 이모티콘은 토끼가 등 돌리고 누워서 분노나 불쾌함을 나타내는 이미지였다. 마치 지금 내 기분처럼.

"……뭐, 상관없나. 어차피 차단할 건데."

요시히데에게 호의적인 감정을 나타내는 이모티콘을 보냈다면 정정해야 하지만 그런 것도 아니고, 잘못 눌렀다고 설명하기도 귀찮다. 괜히 말이 길어졌다고 착각한 그 자식이 우쭐해지는 꼴을 보는 것도 싫다.

무엇보다 유스케와의 대화를 더 이상 방해받기 싫었다.

나는 수건으로 손을 닦은 후에 스마트폰을 조작해 나갔다.

『아직 화난 거야? 알았어! 라멘 곱빼기로 사줄 테니까 기분 풀어!』

"……바보네, 진짜."
요시히데한테서 마지막으로 온 메시지도 지적할 곳이 가득했다.
우린 이제 소꿉친구도 아니다.
그 관계는 내가 그 자식에게 고백해서 연인으로서 변한 순간 이미 끝났다.
그리고 이제는 연인조차 아니다.
요시히데가 바람을 피운 걸 들킨 시점에…… 아니, 그 녀석이 시무라와 바람피우기 시작한 시점에 그 관계도 끝을 맞이했다.
이로써 우린 남이다. 난 더 이상 그 자식과 엮이고 싶지 않다.
딱히 별말 없이 난 스마트폰을 탭해서 설정을 끝냈다.
그렇게 요시히데와의 마지막 연결이 끊어졌고, 시끄러웠던 알림도 고요해졌다.
나는 과거를 매듭지은 듯한 개운함과 후련함을 느꼈다.

●

(나 참, 히요리 녀석, 아직 화내고 있냐?)

싸우고 나서 어느덧 일주일. 쿨다운하기에는 충분한 시간이라고 생각해, 어젯밤 히요리에게 메시지를 보냈다.

그런데 돌아온 대답이라고는 삐진 토끼 이모티콘뿐.

그 이후로는 메시지를 읽지도 않고 날 완전히 무시하고 있다.

(조금은 어른이 되라고. 나도 잘못했지만 이건 너무하잖아?)

확실히 여러 일이 있었지만 이제 슬슬 용서할 때도 되지 않았나? 어차피 결국에는 돌아올 생각이면서.

이런 단순한 어필로 내 관심을 끌려고 하다니, 역시 그 녀석은 가슴만 크지 성격은 키랑 똑같이 꼬맹이인 모양이다.

(어쩔 수 없지. 솔직해지지 못하는 소꿉친구를 위해 내가 양보할까!)

이모티콘을 보내고서 계속 무시하는 걸 보면 여전히 히요리는 날 의식하고 있다.

슬슬 오가미와의 친구 놀이에 허무함을 느끼고 있을 텐데도, 여전히 솔직해지지 못해서 버티는 거다. 그러니 내가 양보해서 대화할 기회를 주는 수밖에.

그때 말로 조금 달래주면 평소대로의 돌아올 거고…… 우리의 관계도 회복되는 거다.

(정말 히요리는 꼬맹이란 말이지……. 조금은 니나를 본받아라.)

세컨드라도 괜찮다고 고백한 데다가 지금도 내가 다른 여자애랑 사이좋게 지내도 괜찮다고 말해준다. 니나의 큰 배포에 비하면 역시 히요리는 키도 마음도 작다. 뭐, 가슴만은 그 녀석의 압승이지만.

애초에 나 같은 좋은 남자와 사귀려면, 내가 다른 여자랑 좀 노는 건 감수해야 할 일 아닐까?

만화에서도 주인공은 여자애들한테 인기를 끌지만, 히로인들은 떠나기는커녕 라이벌에게 지지 않으려고 눈치싸움을 펼치잖아?

나도 그런 걸 기대했는데 히스테릭하게 소리치고 주스를 뿌리다니, 역시 히요리는 애다.

뭐, 그런 아이를 여자 친구로 삼아주는 기특한 남자는 나 이외에 없겠지. 그러니 내가 책임지고 관계를 회복해야 한다.

그렇게 생각한 나는 아침 연습이 끝난 후에 히요리가 등교하기를 기다렸다.

소꿉친구고 집도 가까우니 그 녀석의 생활 리듬도 어느 정도 안다.

아니나 다를까, 예상보다 살짝 늦은 시간에 히요리가 나타났다.

"안녕, 히요리! 어제 메시지 말인데——."

인사하자 히요리가 날 힐끗 봤다.

난 저녁밥에 대한 이야기를 꺼냈지만, 그 녀석은 날 무시하고 지나가려고 했다.

"잠깐! 기다려! 화났다고 그렇게까지 무시하는 건 너무하잖아?!"

"……놔줄래? 나 서두르고 있는데."

"서두를 필요 없잖아? 자, 매점에서 멜론빵 사줄게! 잠깐 이야기하자!"

히요리의 기분이 안 좋아졌을 때는 이게 최고다. 좋아하는 멜론빵을 사준다고 말하면 대부분은 기분이 풀린다.

난 평소대로 화해하자는 신호로 이 말을 했지만, 히요리는 놀랍게도 그 제안을 거절했다.

"필요 없어. 이 손 놔."

"뭐야, 멜론빵 하나로는 부족해? 알았어, 음료수도 사줄게."

"필요 없다니까? 그만 좀 해."

"아~! 알겠어! 내가 졌다! 라멘집에서 네가 좋아하는 차슈 덮밥도 사줄게! 노래방에서도 팬케이크도 먹고! 그러니 슬슬 화 풀어!"

"화 풀라니, 너……!!"

내가 크게 쏜다고 하자 히요리가 눈을 크게 뜨며 놀랐다.

내가 이렇게까지 해준다고 해서 감동했을지도 모른다.

뭐, 엄마한테 저녁값을 받아서 그 정도 여유는 있다. 이걸로 히요리와의 관계를 회복할 수 있다면 싸게 먹히는 거다.

이제 전부 원래대로 되돌릴 때다.

난 만족스럽게 대화를 계속하려고 했지만, 갑자기 누가 내 어깨를 두드렸다.

반사적으로 뒤를 돌아보니, 내가 아주 싫어하는 오가미 유스케가 무표정하게 서 있었다.

"그만해. 싫다잖아."

나보다 키가 큰 녀석이 정색하고 째려보니 나도 모르게 주춤하고 말았다. 그 틈에 히요리가 내 손을 뿌리쳤다.

난 오가미에게 지기 싫어서 괜히 째려보며 대꾸했다.

"너, 너하고는 상관없잖아?!"

이건 소꿉친구의 문제다. 오가미가 참견할 일이 아니다.

하지만 그 녀석은 눈썹 하나 까딱하지 않고 나에게 이렇게 말했다.

"상관이 왜 없어. 그 이상 내 친구한테 치근대지 마라."

"누가 치근댔다고——!"

"손을 놔달라고 했는데 안 놔줬잖아. 오히려 억지로 데려가려고 했지. 이게 치근대는 게 아니면 뭔데?"

"그건 그런 게⋯⋯!"

정론을 들은 난 말을 삼킬 수밖에 없었다.

오가미가 차가운 눈빛으로 담담하게 반론할수록 압도당하는 기분이었지만, 나에겐 비장의 수단이 있다.

난 오가미라도 뛰어넘을 수 없는 비장의 수단이자 전가의 보도를 내밀었다.

"아무래도 네가 뭘 모르는 모양인데, 나랑 히요리는 소꿉친구야! 난 저 녀석의 마음을 누구보다 잘 안다고! 히요리는 딱히 싫어하는 게 아니야!"

봤냐, 오가미. 이게 나와 히요리의 관계, 오랜 시간으로 쌓아온 **소꿉친구의 특권**이다.

겨우 일주일 동안 히요리가 날 자극하기 위해 만든 얄팍한 관계로 어쩔 수 있는 게 아니라고.

이러면 오가미도 더는 참견할 수 없다. 이 녀석은 나와 히요리의 관계가 얼마나 깊은지도 모르니까.

그런데…… 정작 오가미는 표정 하나 변하지 않은 채 히요리에게 물었다.

"코우마는 그렇다고 하는데, 히요리는 어때? 정말 싫지 않았어?"

"……어?"

잠깐, 지금 이 자식, 뭐? 히요리……? 왜 네가 히요리를 이름으로 부르는 거지?

친한 척하는 것도 정도가 있지, 원래 이렇게 뻔뻔했냐, 오가미?

고작 알게 된 지 일주일 남짓인 녀석이 무슨 자격으로 히요리에게 그런 식으로 접하는 거냐고?

그러나 돌아온 대답은 그보다 더 충격적이었다.

"……유스케의 말대로 그냥 싫었어. 귀찮게 굴었어."

"뭐?! 아니, 야, 히요리!"

이게 어떻게 된 거야? 왜 그 녀석 편을 드는 건데? 왜 히요리라고 부르는 걸 놔두는 거냐고?

모처럼 내가 관계 회복을 위해 양보하고 있는데, 그 양보를 저버릴 생각이야?

그리고, 유스케는 또 뭐야? 설마 오가미를 그렇게 부르는 거야?

왜 너희가 서로 이름으로 부르는 건데? 언제부터 그런 사이가 됐지?

혼란에 빠져 아연실색한 내 귀에는 누구의 말도 더는 들리지 않았다.

정신을 차리고 보니 히요리와 오가미는 떠난 후였고…… 나는 혼란스러운 사실에 끙끙댈 수밖에 없었다.

"진짜 뭐가 어떻게 된 거야……?"

히요리와의 관계를 회복해 다시 즐거운 나날이 돌아올 줄 알았던 나는 완전히 허를 찔려 머리가 어질어질했다.

하지만 분명 괜찮을 거라고…… 나와 히요리가 보내온 십여 년이 오가미와 보낸 겨우 며칠에 질 리가 없다고 스스로 타이르면서 힘이 들어가지 않는 다리로 교실로 돌아갔다.

"미안, 귀찮은 일에 말려들게 해서……."

"괜찮아. 그보다 대체 무슨 일이 있었던 거야?"

난 히요리와 함께 교실에 들어가자마자 그녀에게 무슨 일이 있었는지 물었다.

어두운 표정을 띤 그녀는 '사실은……' 하고 어젯밤부터 지금에 이르기까지의 일을 설명했다.

아무래도 어젯밤에 히요리가 나와 한창 메시지를 주고받는 도중에 코우마의 연락이 온 모양이다.

히요리는 상대하기 귀찮아져서 그의 계정을 차단하려고 했지만, 실수로 이모티콘을 보내버렸다.

"일일이 설명하기도 귀찮고, 목욕 중이라고 말하기도 싫어서 그냥 차단했는데, 너무 안일했던 거 같아."

하긴, 상대는 바람피운 걸 들켜도 뻔뻔하게 가슴을 만지게 해달라는 녀석이다. 목욕 중이라서 잘못 보냈다고 설명하면 무슨 소릴 할지 알 수 없다.

애초에 그런 배신자와 굳이 말을 섞고 싶지도 않을 거다. 히요리가 코우마를 차단하는 건 당연한 흐름이다.

하지만 그것 때문에 상대가 무슨 말을 하는지, 무슨 생각 중인지는 파악하기 어려워졌다. 히요리는 명백하게 거절을 밝히고 차단하지 않은 걸 후회했다.

나는 히요리를 위로했다.

"그렇지 않아. 당연한 반응이니까. 바람 행위가 발각된 시점에서 이미 둘의 관계는 파탄 난 거잖아. 그러니 굳이 히요리가 불쾌함을 느끼면서까지 코우마를 상대할 이유도 없어."

"……유스케가 그렇게 말해줘서 마음이 조금 편해졌어. 고마워."

히요리는 그렇게 말했지만 표정은 여전히 어두웠다.

다시 그날 있었던 일을 떠올렸거나, 내가 끼어들기 전에 코우마에게 또 심한 말을 들었을지도 모른다. 그렇게 생각하니 가슴이 답답해졌다.

(그 녀석, 진짜 어처구니가 없네. 자기가 히요리에게 얼마나 상처를 줬는지 알기는 하나?)

내가 들은 대화라고 해봐야 끼어들기 직전에 오간 말뿐이지만, 그것만으로도 코우마 녀석이 얼마나 무신경한지 알 수 있었다.

자기가 히요리를 상처입혔으면서 밥 사줄 테니 기분을 풀라는 소리가 나오다니, 진짜 대단하다. 그 녀석은 성심성의껏 사과하며 히요리에게 매달렸어도 모자랄 마당에, 상처입혔다는 자각은커녕 약간 다퉜다는 식의 가벼운 태도였다.

(분명 그 가벼운 태도가 히요리를 괴롭히는 가장 큰 요인이겠지…….)

히요리는 이렇게나 상처받았는데 상대는 아무것도 모른다. 심지어 상대는 이 일을 전혀 개의치 않으며 가볍게 여긴다. 히요리 입장에서는 견딜 수가 없을 것이다.

녀석과 갈라섰다고 해도 기억을 금방 잊을 수 있는 건 아니다. 좋든 싫든 히요리도 아직 코우마를 완전히 타인으로 취급하지는 못하는 듯했다. 그렇기에 아직도 그가 내뱉는 말에 상처받는다.

생각하니 가슴이 답답하고 아팠다. 그러나 슬픈 듯이 고개를 떨군 히요리의 모습을 보고 나는 감상을 털어냈다.

(이럴 때가 아니야. 상처받은 건 히요리잖아. 지금 중요한 건 히요리를 위로 하는 거라고.)

그 사건으로부터 이제 고작 일주일이 지났다. 다 잊고 털어버리라고 하는 건 억지다.

그리고 히요리는 이미 코우마의 연락을 차단하는 등 그와의 기억과 결별하려고 노력하고 있다.

나는 히요리를 응원하고, 괴로울 때는 격려하면 된다.

난 그녀의 웃는 얼굴이 보고 싶다. 시시한 질투를 느낄 때가 아니라 움직여야 한다. 나는 히요리에게 밝은 목소리로 말했다.

"히요리, 오늘 방과 후에 어디 놀러 가자."

"어……?"

놀라서 고개를 든 히요리의 멍한 표정에 나도 모르게 웃음이 나왔다.

난 가능한 한 부드럽게, 그러나 부담스럽지 않게 경쾌한 느낌으로 다시 권유했다.

"오늘 어디 놀러 가자. 안 좋은 일이 있었으면 신나게 놀아서 잊는 게 제일이야! 그러니 히요리가 좋아하는 곳에 놀러 가자!"

"유스케……!"

놀란 히요리의 표정에 약간 기쁜 기색이 엿보였다.

약간이나마 히요리의 미소가 돌아온 것을 기뻐하고 있으니, 그녀가 쭈뼛거리면서 말했다.

"이거 혹시…… **데이트 신청**이야?"

"어……?!"

이번엔 히요리의 입에서 튀어나온 말에 내가 놀랄 차례였다.

듣고 보니 그렇다. 이건 데이트 신청이나 다름없는 권유였다. 의도한 건 아니지만, 나도 참 대범한 소릴 했구나.

"그…… 그래. 데이트 신청이야. 받아줄래?"

"응……! 기꺼이!"

데이트라고 생각하니 승낙받을 수 있을지 살짝 불안했지만, 솔직하게 수긍하니 히요리는 기쁜 듯이 웃으면서 받아줬다.

부끄럽지만 이 웃음을 볼 수 있다면 기꺼이 하겠다.

히요리가 히죽히죽 웃으면서 말했다.

"유스케 씨, 아주 대담해졌네요! 연락처를 물어보나 싶더니, 이제는 데이트 신청이라니요!"

"놀리지 마. 나도 부끄러우니까."

"미안! 기뻐서 그랬어. 유스케가 불러줘서 엄청 기뻐."

부드러운 미소를 지은 히요리가 차분한 목소리로 말했다.

실감이 담긴 그 목소리에 가슴이 두근거린 나는 빨개질 것 같은 얼굴을 필사적으로 식히면서 그녀에게 질문했다.

"그, 그래서 어디 갈래? 놀러 가고 싶은 곳 있어?"

"우후훗~! 사실은 전부터 가고 싶었던 곳이 있단 말이지! 살~짝 돈이 들지도 모르는데, 괜찮아?"

나는 고개를 끄덕였다.

저번에 들어온 아르바이트비가 생활비를 제외하고도 아직 남아있다. 오늘 가사 당번은 마사토니까 시간 여유도 있다.

"괜찮아. 그래서 어디를 가고 싶은데?"

홈룸이 시작되기 직전, 그녀는 실로 즐거운 듯이 웃으면서 답했다.

"그건 말이지——!!"

"우와, 이거 봐 유스케! 이거랑 저거랑 저것도! 전부 맛있을 것 같지 않아?!"

"와, 그러게."

방과 후, 우린 전철을 타고 약간 떨어진 역에 와있었다.

목적지는 역에서 걸어서 몇 분 걸리는 곳에 있는 쇼핑몰. 그 안에 있는 디저트 뷔페다.

히요리는 얼마 전부터 개최 중인 '딸기 케이크 페어 한정 디저트'가 먹고 싶었는데, 비로소 오늘 오게 되었다.

"제한 시간이 무려 두 시간이래! 배부르게 실컷 먹어도 되겠다!"

히요리는 대량의 케이크를 담은 큰 접시를 자기 자리에 놓았다.

타르트에 레어 치즈 케이크, 초콜릿 케이크, 몽블랑, 바바루아, 롤케이크 등 시판보다는 작다고 해도 이걸 다 먹을 수 있나 싶은 양이었지만, 히요리는 정말 행복해 보였다.

"자 그럼 바로, 잘 먹겠습니다~!"

히요리가 포크를 손에 들고 페어 한정 딸기 쇼트케이크를 한입 가득 넣었다.

"음~! 딸기가 잔뜩 있고 스펀지도 폭신폭신해서 맛있어! 많이 가져오길 잘했어!"

한입 먹자마자 볼에 손을 대고 기뻐하는 그녀의 모습을 보면서 나도 쇼콜라 케이크를 먹었다.

"대단하네, 히요리. 그거 다 먹을 수 있어?"

다시 말하겠는데, 히요리 앞에는 대량의 케이크를 담은 큰 접시가 놓여 있다.

눈대중으로 홀 케이크 두 개 정도 되어 보이는 양을 히요리는 차례차례 먹어 치웠다. 그러다 도중에 음료를 마시더니 입을 열었다.

"난 단 걸 엄청 좋아해! 그리고 여자애는 단 거 먹는 배가 따로 있다고 하잖아? 그런 거야, 그런 거!"

"그렇구나……."

생전 케이크 뷔페는 간 적이 없는지라, 나는 저게 보통인지 어떤지 판단할 수 없었다.

주변 자리에 여자애들이 계속 케이크를 가지고 오가는 걸 보면 원래 이런 걸지도 모른다.

"나는 이렇게 열심히 먹었는데 키가 안 큰단 말이지~! 그렇다고 살이 찌는 것도 아니고. 대체 영양분은 다 어디로 가는 걸까? 이상하지 않아?"

히요리가 뾰로통하게 말했다.

"어…… 그만큼 많이 움직인 거 아닐까? 칼로리 소비가 많으니까 그만큼 영양분이 필요했던 거지."

"정말? 그런데 왜 내 시선을 피하는 걸까~?"

나는 모르는 척 카페오레를 마셨다.

히요리가 히죽히죽 웃는 것만 봐도 질문의 의도가 너무 뻔했다. **영양분이 어디 갔는지야 뻔한데**, 날 놀리는 거다.

히요리는 살짝 일어나 마치 보라는 듯 일부러 가슴을 흔들었다.

"후훗……. 미안, 장난이었어. 모처럼의 데이트인데 유스케가 계속 눈 돌리고 있으면 섭섭한걸."

"끄응……."

저 말도 상당히 부끄러웠다. 그래, 데이트다. 나는 인생 처음으로 여자애와 데이트하고 있다. 그렇게 생각하니 맞은 편에 앉은 히요리의 얼굴을 바라보는 것도 쑥스럽게 느껴졌다.

내가 지나치게 의식하는 거다. 내가 계속 이렇게 굳어있으면 히요리도 별로 재미없을 거다.

내가 다시 히요리에게 집중하려고 시선을 옮긴 순간, 손을 멈춘 그녀와 눈이 마주쳤다.

기쁜 듯이 짓는 미소에 심장이 쿵쿵 뛰는 게 느껴졌다.

"유스케, 케이크를 별로 안 먹는 거 같은데…… 혹시 단거 잘 못 먹어?"

"그런 거 아니야. 오히려 남자치고는 단것도 잘 먹는 편일걸. 그냥, 가게 분위기가 좀 낯설어서 그래."

불안하게 쳐다보는 히요리에게 나는 쓴웃음을 지으면서 솔직하게 답했다.

정말로 단 음식은 좋아하고 배려하는 것도 아니라고.

"사실…… 나는 케이크 뷔페는커녕 데이트도 처음이거든.

첫 데이트에서 못난 모습 보이고 싶진 않잖아? 그래서 좀 긴장한 거지."

"……정말? 사실은 억지로 먹고 있거나 하는 건 아니고?"

"아니야. 아마 내가 작정하면 히요리 못지않게 먹을걸?"

"그렇다면 다행이고."

내 대답에 만족했는지 씨익 웃은 히요리가 다시 케이크를 한입 가득 넣고 먹기 시작했다.

그 얼굴을 보면서 나도 남은 갸또 쇼콜라를 마저 먹었다.

"사실…… 나도 이런 가게에 남자랑 오는 건 처음이야. 코우마는 단걸 잘 못 먹어서 기회가 없었거든."

갑자기 튀어나온 코우마의 이름에 나는 흠칫했다.

히요리는 그와 엮이지 않으려고 하다가 문제를 초래한 걸 후회 중이다. 아무래도 오늘 일을 계기로 그와의 과거를 정면에서 극복하기로 마음먹은 듯했다.

그녀의 목소리와 표정에서 의지를 느낀 나는 그녀의 말에 조용히 귀를 기울였다.

히요리는 쑥스러운 듯이 말했다.

"그러니까 나도 유스케랑 같은 조건인데…… 긴장하기는커녕 여자애들끼리 놀러 온 것처럼 마음이 가볍더라. 보통은 격식을 차리거나 했을 텐데, 어째서인지 자연스럽게 행동하고 있었어."

"응? 난 그래도 괜찮아. 행복하게 웃는 히요리를 보는 게 더 좋으니까.”

“정말……? 고마워. 그러면 지금부터 만족할 때까지 잔뜩 먹을래~!”

그러니까, 이 이야기는 나에게 그만큼 마음을 열어주었단 소리로 받아들이면 될까? 그만큼 벽을 허물고 솔직한 모습을 보여줄 수 있는 상대가 되었다는 뜻일까?

‘너는 친구 여자애들 같은 느낌이다’라는 말로 해석할 수도 있다는 문제가 있지만…… 그래도 괜찮다.

몰랐던 히요리의 모습을 또 하나 볼 수 있었다. 그녀와의 거리를 줄일 수 있었다.

한 걸음씩, 조금씩, 친해지면 된다.

나는 빈 접시를 들고 일어났다.

“나도 조금 진심을 보여줘야겠네. 히요리가 추천하는 케이크는 뭐야?”

“그야 물론 페어 한정 딸기 쇼트케이크지! 진짜 맛있어! 유스케도 먹어봐!”

그렇게 말하면서 마지막까지 남겨둔 쇼트케이크를 포크로 가리키는 히요리. 그 많던 케이크를 벌써 다 먹은 건가?

나는 추천에 따라 딸기 쇼트케이크를 가져오려고 했지만, 아쉽게도 인기 만점이라 품절 상태였다.

“아무래도 다 나가서 새로 만들고 있는 거 같아.”

“어, 벌써? 정말이네……!”

히요리가 놀라서 뒤돌아봤다. 말투로 보니 한 번 더 먹고 싶었던 모양이다.

“뭐, 시간 많으니까 천천히 기다리자. 다른 케이크도 아직 잔뜩 있고.”

어차피 인기 상품이니 금방 채워놓을 거다.

내가 느긋하게 굴자 히요리는 날 바라보면서 조용히 입을 열었다.

“하지만 이 케이크, 진짜 맛있는데? 가능하면 유스케도 지금 바로 먹었으면 좋겠어.”

“그 정도야? 하지만 더 나올 때까지는 기다릴 수밖에 없는데.”

“……여기에도 있잖아, 쇼트케이크.”

히요리가 그렇게 말하면서 자기 접시 위에 있는 쇼트케이크를 포크로 잘랐다.

“그건 히요리가 먹으려던 게…….”

그녀는 딸기를 잔뜩 올린 케이크를 절반으로 자르더니 포크로 찍어 나에게 내밀었다.

“자, 유스케. 아~……!”

“아, 아~ 라니……?!”

히요리의 얼굴이 어느새 새빨갛게 물들어 있었다.

나는 갑작스러운 상황에 당황한 채, 그녀의 얼굴과 손에 든 포크를 번갈아 보면서 말했다.

“이, 이렇게까지 할 필요가 있을까? 접시에 나눠줘도 되는데…….”

“……유스케는 싫어? 내가 아~ 해주는 거?”

“아, 아니, 그렇지는 않아……!”

어느새 뾰로통해져서는 뺨을 부풀리고 불만이 담긴 시선으로 바라보는 히요리의 모습에 나는 더 크게 당황했다.

나도 부끄러울 뿐이지 하기 싫은 건 아니다. 하지만…… 연인 사이도 아닌데 그런 짓까지 해도 되는 걸까?

그러자 그녀가 피식 웃더니 말했다.

“풋! 너무 어렵게 생각하지 마. 이런 장난은 친구끼리도 자주 하잖아? 유스케는 친구끼리 한 적 없어?”

“그, 글쎄……? 그런가……?”

중학교 때 같은 농구부 녀석에게 장난삼아 먹인 적은 있다. 손에 묻히기 싫어서 과자 등을 받아먹는 것도 포함이라면 경험이 있기는 하다. 그렇지만 이거와는 느낌이 전혀 다른데……?

미묘한 차이에 망설이고 있으니 히요리가 재촉했다.

“자, 그렇게 신경 안 써도 괜찮아. 그냥 장난 같은 거잖아. 여기 아는 사람이 있는 것도 아니고, 부끄러워할 거 없다니까?”

“그건…… 그렇지…….”

“맞아! 그럼 다시…… 자, 아~……!”

이번엔 웃는 얼굴로 쇼트케이크를 내미는 히요리가 재촉하듯이 고개를 갸웃했다.

부끄럽기도 하고 위화감이 없는 것도 아니지만 친구끼리도 하는 행위라는 면죄부를 얻은 난 자신의 마음에 솔직해지기로 했다.

"그럼, 그…… 자, 잘 먹겠습니다……!"

작은 그녀가 팔을 뻗어 건네준 쇼트케이크에 몸을 굽혀 얼굴을 내밀었다.

수치심을 느끼면서 입을 벌리자 딸기 쇼트케이크가 입으로 밀려 들어왔다.

"어때?"

"……새콤달콤하네."

입 안에 퍼지는 딸기의 풍미와 폭신폭신한 스펀지의 부드러운 단맛—— 그러나 정작 입에서 튀어나온 건 가슴을 설레게 하는 히요리의 행동에 대한 감상이었다.

그러자 히요리가 재밌다는 듯이 웃으면서 말했다.

"아핫핫, 그야 딸기니까 새콤달콤하겠지! 그걸 왜 그렇게 진지하게 이야기해!"

히요리는 남아있는 딸기 쇼트케이크를 포크로 찍어 입으로 넣어버렸다.

"앗, 그거……?!"

그녀는 우물우물 입을 움직여 꿀꺽 삼켜버렸다.

"왜? 아, 간접 키스? 유스케는 그런 거 신경 쓰는 편이야? 농구부에 있을 때 페트병 하나를 돌아가며 마시거나 한 적 없어?"

"아니, 그런 거랑 여자애랑 하는 거는 경우가 다르잖아."

"흐음~? 왜 다른 걸까? 상대가 여자애라서? 아니면…… 나라서?"

쿵 하고 심장이 뛰었다.

날 시험하는 듯한, 뭔가 기대하고 있는 듯한 히요리의 시선이 꽂혔다.

아까 먹여준 것도, 이 간접 키스도, 여자애가 상대라서 긴장한 걸까? 아니면 히요리와 해서 그런 걸까?

나는 내 생각을 솔직하게 그녀에게 전했다.

"다른 여자애랑 해본 적도 없으니 잘은 모르겠지만, 히요리 이외에는…… 이렇게 허둥대거나 긴장하지 않을 것 같아."

"후훗……! 그렇구나!"

조금 애매한 대답이었지만 히요리는 내 대답에 만족스럽게 웃어줬다.

그 웃는 얼굴을 보고 또 긴장하는 나에게 그녀가 말했다.

"앗, 쇼트케이크 새로 나왔나 봐. 없어지기 전에 가지러 가자!"

"아, 응."

히요리는 즐거운 듯이 접시를 손에 들고 일어나 케이크
로 달려갔다.

그녀의 뒷모습을 바라보던 나는 손으로 입가를 슬며시
가렸다.

아무래도 이 새콤달콤한 첫사랑의 맛은 어떤 블랙커피
로도 지울 수 없을 것 같다.

"이야~! 잔뜩 즐겼다! 정말 즐거웠어!"

"잘됐네. 나도 재밌었어. 조금 과식한 것 같지만."

시간이 다 될 때까지 케이크 뷔페를 즐긴 후, 쇼핑몰을
둘러보며 시간을 보낸 우리는, 집으로 돌아가는 전철에서
감상을 주고받았다.

지하철은 여유로운 편이었으나 퇴근 중인 회사원들이
의자를 채운 탓에 우리는 서서 돌아가는 중이었다.

내가 근처의 손잡이를 잡자. 히요리가 부러운 듯이 바라
보았다.

"좋겠다~, 키가 커서. 난 손도 겨우 닿는데."

그렇게 말하고 힘껏 손을 뻗어 어렵게 손잡이를 잡는 히
요리.

나한테는 손잡이가 얼굴 위치에 있기 때문에 오히려 부
딪히지 않게 조심해야 하는데, 그녀는 손을 최대한 뻗어야
했다.

"굳이 가장 높은 걸 잡을 필요는 없지 않을까? 낮은 쪽을 잡으면 되잖아?"

"으음……! 이건 날 향한 도발인가……!"

"아니, 그런 게 아니라. 이렇게 억지로 잡고 있으면 오히려 넘어질 때 위험해."

"그건 나도 알지만~! 으, 유스케는 키 커서 좋겠네~! 전철을 탈 때마다 꼬맹이 취급당하는 내 기분은 평생 모를 거야!"

히요리가 귀엽게 볼을 부풀리고 입을 삐죽 내밀면서 불만스러운 눈으로 날 올려다보았다.

난 기분을 상하게 했나 싶어 쓴웃음을 지었다.

"그래도 유스케의 말이 옳아. 이러면 여차할 때 더 위험하겠지. 키에 맞는 걸 쓰는 게 안전해."

"그럼 저쪽으로 갈까?"

내가 낮은 손잡이 쪽으로 가려고 하니 히요리가 내 옷자락을 잡아당겼다. 그러고는 의미심장하게 웃더니 내 왼팔을 붙잡았다.

"에헤헤……! 이건 딱 좋은 높이네!"

히요리가 안기듯이 내 왼팔에 손을 두르고 몸을 기댔다.

키 차이가 30cm 이상 나는 덕분인지 내 팔은 정말로 히요리가 잡기 쉬운 높이에 있었다.

그녀의 감촉에 내가 얼굴을 물들이자, 히요리가 내 표정을 살폈다.

"그, 유스케가 불편하면 어쩔 수 없지만……."

"조금 부끄러울 뿐이지, 불편하진 않아. 히요리가 다치면 안 되니까, 잘 붙잡고 있어."

"에헤헤……! 그럼 그렇게 할게……!"

히요리가 기쁜 듯이 내 팔에 두른 손에 힘을 줬다.

먹여주는 것도, 간접 키스도, 이 팔짱도, 날 올려다보는 시선도…… 여러모로 여우 같은 구석을 느끼지만, 그걸 만족스럽게 여기는 걸 보면 나도 참 단순한 모양이다.

"……고마워, 유스케. 오늘 엄청 즐거웠어."

그때, 문득 히요리가 가라앉은 목소리로 그렇게 중얼거렸다.

"비록 아침에는 불쾌한 일이 있었지만, 유스케가 데이트하자고 불러줘서 기뻤어. 정말 고마워."

"나도 엄청 즐거웠어. 처음 가보는 디저트 뷔페도 신선했고…… 내가 모르는 히요리의 모습도 볼 수 있어서 좋았어."

"……!"

그러자 그녀는 깜짝 놀라더니 부끄러워했다. 내 팔을 붙잡는 힘이 강해진 것도 기분 탓이 아니리라.

나는 들떠서 진정되지 않는 마음을 다스리며 입을 열었다.

"그…… 히요리, 괜찮으면 오늘은 내가 집까지 데려다줄게."

“어?”

나의 갑작스러운 제안에 히요리가 아까보다 더 놀란 표정을 지었다.

난 그 반응에 더 긴장하면서 이유를 설명했다.

“그, 조금 늦기도 했고, 코우마랑 마주칠 수도 있잖아? 아침에 그랬던 것처럼 귀찮게 굴 수도 있으니까. 그리고……. 히요리랑 좀 더 이야기하고 싶어. 잠깐이나마 더 같이 있고 싶어.”

오늘 아침에 있었던 일을 핑계 댄 후, 스스로 어이없다는 듯이 웃으면서 진짜 이유를 말했다.

아무래도 느끼하고 기분 나쁘겠다 싶었는데, 히요리는 시선을 피하며 들뜬 목소리로 대답했다.

“그, 그렇네……. 집에 가다 요시히데랑 마주칠 수도 있으니까, 유스케한테 보디가드를 부탁할게.”

꼬옥…… 하고 팔을 세게 잡혔다.

약간 떨어져 있던 우리의 거리가 이 대화를 계기로 또 한 걸음 가까워졌다.

작은 그녀가 자신에게 의지하고 있다는 느낌에 기뻐하고 있던 나에게 히요리가 조용히 말을 걸었다.

“실은……. 택시를 타고 집에 가려고 했는데, 괜찮으면 걸어가도 될까? 나도 좀 더 이야기하고 싶어.”

“응, 그러자. 나도 그게 더 좋아.”

역에서 집까지 가능한 한 천천히 걸어서 가자. 그러면 오랜 시간 동안 같이 있을 수 있으니까.

히요리와 생각이 통했다는 게 더할 나위 없이 기뻤다.

●

"아~, 젠장. 진짜 최악이야……!"

진짜 오늘은 최악의 하루였다. 모든 것이 잘 안됐고, 화나는 일뿐이었다.

아침에 히요리에게 밥을 먹으러 가자고 권유한 걸 거절당했을 때부터 마가 꼈다.

도중에 오가미 자식이 끼어들지 않았으면 분명 히요리도 권유를 거절하지 않았을 것이다.

전부 오가미 때문이다.

그 자식 때문에 오늘 하루가 최악의 날이 돼버렸다.

오늘은 히요리랑 같이 놀러 갈 예정이었으니 당연히 부활동도 빠질 생각이었다.

그러나 계획은 시작부터 좌초됐고, 나는 부활동에 나가 니나와 농구부 녀석들이라도 같이 가려고 했다.

그러나 짜증 탓에 도무지 기분이 나아지지 않았고, 결국 예정에 없던 연습에 나가서도 플레이가 엉망이었다.

이 일로 고문인 타누마가 화를 냈고, 나는 더 화가 나서 엉망진창으로 뛰고, 악순환에 빠져 꼴사나운 모습만 보여 주고 말았다.

나를 주목하던 여자 농구부 아이들도 내가 타누마에게 혼나는 모습을 봐버렸고, 매니저인 니나도 나의 한심한 모습에 실망한 듯 보였다.

곧 신입 부원들의 실력을 보여줄 연습 시합이 있는데, 이 상태로는 주전은커녕 벤치도 어렵다.

이번에 멋진 모습을 보여줘서 주전은 물론, 선발 자리와 니나의 마음, 그리고 새 여자 팬들을 차지할 생각이었는데, 모두 엉망이 됐다.

그러나 내 불운은 여기서 끝나지 않았다. 니나와 농구부 녀석들에게 저녁을 권유했지만 아무도 응하지 않았다. 오히려 '너, 식당 가서 장황한 불평만 늘어놓을 거잖아. 괜히 밥맛만 떨어지게'라는 대답이 돌아왔다. 니나도 '오늘은 시간이 안 돼' 하고 빠르게 돌아가 버렸다.

정말 박정한 녀석들이다. 나는 미래의 에이스다. 상태가 안 좋으면 여자 친구나 친구들이 신경 써야 하는 거 아닌가?

그래서 혼자서라도 먹으려고 했는데, 연습의 피로와 마구 혼나서 스트레스가 쌓인 탓인지 식욕이 생기질 않았고, 결국 대충 편의점에서 도시락을 사서 돌아왔다.

그러나 그마저도 실수로 소스와 겨자를 놔둔 채 도시락 을 전자레인지에 돌려버렸고, 대폭발을 거친 끝에 더럽게 맛없는 도시락을 먹는 신세가 되었다.

"이게 전부 다 오가미 때문이야……!"

사방에 겨자가 튄 흰밥을 먹으면서 모든 원흉인 오가미에 대한 원망을 중얼거렸다.

아침에 방해받은 것도, 내가 최악의 기분으로 더럽게 맛없는 도시락을 먹고 있는 것도, 전부 그 자식 때문이다.

히요리도 문제다. 이제 유치한 히스테리는 그만 부리고 솔직해지란 말이다.

오가미랑 서로 이름으로 부르는 것도 그렇다. 나한테 복수하고 싶어도 그렇지, 너무하잖아. 진짜 하는 짓이 너무 유치하다.

"아이씨, 더럽게 맛없네!!"

히요리와 오가미에 대한 분노와 맛없는 도시락에 짜증이 치솟은 나는 반쯤 남은 도시락을 쓰레기통에 덩크했다.

그래도 기분은 전혀 풀리지 않았고, 오히려 더 짜증이 치솟을 뿐이었다.

그때 문득 바깥에서 누군가가 이야기하는 소리가 들렸다.

"히요리인가……?"

나와 히요리의 집은 이웃이다. 거리가 가까우니 밖에서 녀석의 목소리가 들리는 경우가 있다. 하지만 이 시간에 히요리가 바깥에 있을 리가 없다.

"이 시간에 밖에서 뭐 하는 거야?"

히요리는 귀가부라 집에 늦게 올 일이 별로 없다. 보통은 이미 집에 있을 시간이다.

히요리가 이런 시간에 밖에서 이야기하는 데 위화감을 느낀 나는 퍼뜩 깨달았다.

"그런가! 히요리 녀석, 나한테 줄 요리를 해왔구나!"

히요리가 이런 시간에 밖에 나갈 이유는 하나밖에 없다. 날 찾아오기 위해 집에서 나왔을 것이다.

저 목소리는 분명 집에서 나갈 때 히요리가 어머니에게 뭔가 말한 목소리일 것이다.

역시 저 녀석도 이러니저러니 해도 나하고 화해하고 싶었을 것이다. 그래서 일부러 직접 요리를 만들어서 저녁을 먹는 데 어려움을 겪고 있는 나에게 주려는 거다.

진짜 솔직하지 않지만, 뭐, 그런 까다로운 면도 귀여우니, 남자 친구로서 용서하는 아량을 보여줘야지!

(나 참, 역시 아침에는 오가미 앞이라서 솔직해지지 못했구나. 그 자식만 없었으면 이렇게까지 짜증 나지도 않았을 텐데……!)

오가미가 끼어들지 않았으면 그 자리에서 히요리와 약속하고 노래방에서 논 후에 라멘을 먹고 화해하고 평소대로의 일상이 돌아왔을 것이다.

그 녀석 때문에 짜증 나는 일을 겪었지만…… 뭐, 히요리가 직접 만든 요리를 먹을 수 있으니 좋게 생각하자.

맛없는 편의점 도시락 때문에 전혀 배가 차지 않았던 나는 히요리가 최고의 타이밍에 공복을 채워줄 손수 만든 요리를 가져오는 것을 기대하고 있었지만…… 어째서인지 아무리 지나도 집의 초인종이 울리지도, 히요리가 찾아오지도 않았다.

"이상하다……? 내가 잘못 들었나……?"

히요리의 집에서 내 집까지는 십 초도 안 걸린다.

아까 목소리가 들린 뒤로 2, 3분은 지났으니 충분하고도 남는 시간이 지났다.

내가 들은 목소리는 공복이 만든 환청이었나? 아니면 역시 히요리가 솔직해지지 못해서 현관 앞에서 꾸물거리고 있는 건가?

알 수 없게 된 나는 상황을 살피기 위해 2층에 올라가 창문으로 바깥의 상태를 살짝 확인했다.

바깥을 확인한 나는 믿을 수 없는 광경을 보고 깜짝 놀랐다.

"히요리……! 왜 오가미랑 같이……?!"

창문으로 보인 것은 집 앞에서 오가미와 이야기하는 히요리의 뒷모습이었다.

설마…… 히요리는 지금까지 저 녀석이랑 같이 있었던 건가? 이런 시간까지 저 녀석이랑 있었던 건가?

어째서? 같은 반 녀석들이랑 다 같이 놀고 돌아오는 길인가? 아니면 설마, 있을 수 없는 일이라 생각하긴 하지만, 둘이서만 있었던 건가?

대체 오가미랑 무슨 이야기를 하고 있지? 어떤 얼굴로 이야기하고 있는 거지? 뒷모습밖에 안 보이니까 히요리의 상태를 전혀 알 수가 없어!

"언제까지 떠들 거야? 빨리 가라고……!"

실제로는 겨우 몇 분이겠지만, 나에게는 히요리와 오가미가 상당히 오랫동안 이야기하는 것처럼 느껴졌다.

오가미 자식, 이대로 히요리의 집에 들어가는 건 아니겠지? 인기 없는 놈이, 까불지 말라고!

"앗……!"

그런 생각을 하는 사이에 오가미가 히요리와의 대화를 끝내고 떠났다.

히요리는 크게 손을 흔들며 가끔 돌아보는 오가미를 배웅했고, 그 모습을 보고 있던 나는 오가미가 히요리네 집에 가지 않은 것에 안심함과 동시에 그 자리에 주저앉고 말았다.

"최악이다. 최악이다. 최악이다……!!"

진짜 이해가 안 된다. 정신을 차리고 보니 히요리는 오가미와 서로를 이름으로 부르게 되었고, 이런 시간까지 같이 있으면서 집까지 데려올 뿐만 아니라, 오랫동안 담소를 나누는 지경에 이르렀다!

이것도 나에 대한 보복인가? 나에게 그 녀석과 사이좋게 지내는 모습을 보여줘서 질투하게 만들려는 히요리의 계획인가?

부들부들 떨면서 일어선 난, 아무도 없는 길목을 보고 다시 주저앉았다.

그건 현실에서 일어난 일이었던 걸까? 어쩌면 배가 고픈 내가 스트레스 때문에 본 환상이 아닐까?

"그래, 분명 그럴 거야……! 그런 게 현실이겠냐. 전부 그냥 환각이야……!!"

겨우 일주일 정도로 히요리와 오가미가 그런 사이가 됐을 리가 없다. 그건 전부 내가 잘못 본 거다.

히요리는 이미 집 안에 있고, 아직 나에게 화내고 있을 것이다. 그래도 조금만 더 지나면 괜찮을 것이다. 그 녀석도 기분을 풀 것이다.

그렇게 스스로를 타일렀다.

분명 그렇게 될 텐데…… 나는 이상하게도 계속 불안을 느꼈다.

최악에 최하 이하인 이 기분은 그렇게 간단히 떨쳐낼 수 없다는 걸 본능적으로 느낀 나는, 일어날 기력도 생기지 않아 한동안 그대로 바닥에 주저앉아 있었다.

제5장 히요리와 라멘집과 비 오는 날

"톤코츠 쇼유 라멘 달걀조림 토핑 나왔습니다. 이건 특
제 톤코츠 쇼유 차슈멘 곱빼기에 야채 많이."

"우오오⋯⋯?!"

얼굴이 조금 우락부락한 가게 주인이 테이블에 놓은 라
멘을 본 나는 무심코 그렇게 소리를 내고 말았다.

진하게 감도는 라멘 냄새. 그리고 그 냄새마저 빛바래게
하는 압도적 볼륨감!

같이 나온 라멘과 비교해 봐도 명백하게 많은 면. 그 위
에는 데친 양배추와 숙주, 채 썬 당근이 산처럼 담겨있었
고, 달걀조림과 두껍게 썬 차슈 등의 토핑이 무심하게 추
가되어 있었다.

맛있어 보이지만 동시에 그만큼 위험할 것 같은 '특제 톤
코츠 쇼유 차슈멘 곱빼기 야채 많이'.

양에 내가 압도당한 가운데, 쑥 뻗어 온 손이 그 그릇을
잡고 자기 쪽으로 끌어당겼다.

"음⋯⋯ 역시 착각하셨네. 하긴, 가게 사람도 내가 이쪽
인 줄은 몰랐겠지."

그렇게 말하면서 거대한 라멘을 집어 든 히요리가 같이
나온 라멘(보통인데도 꽤 양이 많다)을 내 쪽으로 밀었다.

확실히 그녀의 말대로다. 폭식의 화신이라 불러도 지장이 없는 특대 라멘을 몸집 큰 남자와 몸집 작은 여자애 중 누가 먹겠냐고 물으면 대부분은 전자를 고를 것이다.

디저트 뷔페 때도 생각했지만, 역시 히요리는 겉모습만 봐서는 상상도 할 수 없는 대식가다.

"자, 면이 불어나기 전에 먹자! 잘 먹겠습니다~!!"

"……잘 먹겠습니다."

나무젓가락을 손에 들고 특대 라멘을 먹는 히요리의 모습을 보고 쓴웃음을 지으면서 나도 내 몫의 라멘으로 젓가락을 뻗었다.

국물에 골고루 적셔진 두꺼운 면을 후루룩 먹어보니 진한데도 느끼하지 않은 톤코츠 쇼유의 풍미가 입 안에 퍼졌고, 난 무의식중에 고개를 끄덕였다.

"오, 맛있는데? 이러면 양이 많아도 술술 먹을 수 있을 것 같아."

"학교에서 소문난 가게답게 엄청 맛있네! 정말 얼마든지 먹을 수 있을 것 같아!"

그렇게 기쁜 듯이 말한 히요리는 이미 위에 있는 야채를 7할 정도 해치우고 면을 먹고 있었다.

히요리는 먹는 양도 대단하지만, 속도도 상당하구나.

나는 달걀조림을 갈라서 입안 가득 넣고 그 맛을 즐겼다.

그러면서 유리로 만들어진 자동문 너머로 보이는 바깥

경치를 바라보고 아직 빗발이 약해질 기색이 없는 것을 인지하면서, 여기에 오기 전까지 차가워진 몸을 따뜻하게 하기 위해 라멘을 계속 먹었다.

현재 시각은 오후 5시. 오늘 우리 집에는 아무도 없다.

어머니는 일 때문에 늦고, 차남인 마사토는 수험에 대비해서 친구와 공부 합숙, 삼남인 타이가도 유도부 친구와 어딘가에서 밥을 먹고 돌아온다고 한다.

그래서 오늘은 나도 외식하려고 했는데, 마침 히요리가 밥을 같이 먹자고 불렀다.

나는 그렇게 그녀의 안내를 받아 학교 부근에 있는 맛있다고 소문난 라멘집으로 왔다.

"일기예보에는 오늘 비 온다는 말 없었는데. 비 올 줄 알았으면 더 두껍게 입고 나왔을 거 아니야."

"뭐, 그런 날도 있는 거지."

오늘은 예보에 없던 가랑비가 계속 내렸다.

접이식 우산조차 없는 우리는 학교 근처에 있는 편의점에서 비닐우산을 사서 여기까지 왔다.

최근 기온이 높아진 탓에 와이셔츠 하나만 입고 다니던 히요리는 비 때문에 갑자기 추워져 불평했지만…… 그 추위가 라멘의 맛을 끌어내는 양념이 된 듯했다.

"처음엔 비가 와서 귀찮기만 했는데, 이젠 오히려 다행이다 싶어! 몸이 으슬으슬했던 만큼 라멘의 온기가 속까지 깊숙이 스며드는 기분이야……!"

정말 맛있다는 듯 국물을 떠먹으며 말하는 히요리의 그릇 속에는, 이미 면과 건더기가 절반 넘게 사라진 뒤였다.

엄청난 속도에 내가 당황한 가운데, 먹는 페이스를 약간 떨어뜨린 히요리가 말을 걸었다.

"미안해. 좀 더 느긋한 곳에 가고 싶었는데, 패밀리 레스토랑 같은 곳은 학교 친구들이 볼 것 같아서……."

"괜찮아. 나도 여기 한번 와보고 싶었고. 마침 잘 됐어."

히요리와 한가하게 잡담하면서 식사하는 것도 좋지만, 아까부터 계속 빗발이 굵어지고 있다.

아직은 가랑비지만 좀 더 지나면 본격적으로 내릴 것이다. 그렇게 되면 히요리를 돌려보내는 게 걱정이다.

그러니 오늘은 빠르게 먹고 뜰 수 있는 라멘도 나쁘지 않은 선택이다.

내 대답을 들은 히요리는 약간 안도한 표정을 지었다.

날씨가 안 좋아서 그런지 가게는 텅 비어있었다. 테이블에 마주 보고 앉은 히요리에게 나는 이런 이야기를 꺼냈다.

"어쩐지 히요리랑 어딘가에 갈 때는 밥을 먹는 게 정석처럼 됐네. 뭐, 아직 두 번 밖에 같이 안 놀았지만."

"그렇네. 오늘은 라멘에, 얼마 전에는 케이크 뷔페……이렇게 마구 먹으면 아무리 나라도 살쪄~!"

"다소는 괜찮지 않을까? 난 많이 먹는 히요리가 좋은데?"

"으~! 그렇게 말해주는 건 고맙지만, 난 유스케한테 뚱뚱해진 모습은 보여주고 싶진 않아…….."

특대 라멘(이미 7할이 사라졌다)을 보면서 히요리가 한숨을 쉬었다.

화제를 잘못 꺼냈나 싶어 당황한 나는 헛기침을 하며 말을 돌렸다.

"그, 그럼 말이야! 다음엔 운동할 수 있는 곳에 놀러 가는 건 어때? 볼링이나 미니 농구 같은 거 있잖아. 몸을 움직이면 괜찮은 다이어트가 되지 않을까?"

"오오, 좋다! 점잖게 다음 데이트 약속을 잡으려고 하는 점도 괜찮았어. 다만……."

"어…… 문제 있어?"

히요리는 복잡한 표정을 지으면서 난색을 보였다. 그녀는 자기 옷을 보면서 이렇게 대답했다.

"그, 학교를 마치고 놀러 가면, 난 교복 차림일 거 아니야? 그러면 스커트가 난리가 난다고나 할까……."

"아! 미안! 거기까지는 생각이 미치지 못했어."

"아냐, 신경 쓰지 마. 아무튼 그런 문제가 있어서, 활동이 많은 건 주말에 하는 편이야."

적나라한 이유를 이야기한 후 근심스러운 표정을 지으면서 라멘을 후루룩 먹는 히요리.

확실히 그런 사정도 있겠지. 난 부끄러움을 느끼면서 수

긍했다.

"아, 혹시 유스케, 그걸 기대한 거야? 팬티를 보고 싶었어?"

"크흡?! 그럴 리가 없잖아?! 난 그런 변태가 아니야!!"

"……그런 것 치고는 내 엉덩이 자국은 빤히 봤잖아?"

"그, 그건 우발적 사고였어! 내가 원한 게——."

엄청 아픈 곳을 찔린 내가 필사적으로 변명하자 히요리는 그런 내 반응을 즐기듯이 싱글싱글 웃었다.

이미 비어버린 자신의 그릇을 옆으로 치운 히요리는, 테이블 위에 가슴을 얹더니 날 놀리기 시작했다.

"자자, 그렇게 조바심 내지 마~. 유스케도 남자인걸. 큰 가슴이나 엉덩이나 여자 속옷에 관심을 가져도 난 이해해!"

"아니, 그러니까 그런 거 아니거든!"

"참고로 오늘 내 속옷은 핑크입니다~! 가장 아끼는 속옷이야! 내 사이즈에서는 좀처럼 예쁜 게 나오질 않아서 마음에 드는 걸 찾는 게 쉽지 않아. 어때, 유스케? 보고 싶어? 단추 좀 풀까?"

"됐습니다!"

하얀 와이셔츠 교복만 입은 히요리가 장난스럽게 테이블에 얹은 자기 가슴을 강조하면서 말했다.

가볍게 셔츠의 단추를 가리키며 웃는 그녀에게 면박을 준 난 수치심을 얼버무리듯이 열심히 라멘을 먹기 시작했다.

"후후훗! 유스케는 진짜 귀엽네~! 놀리는 보람이 있어서 나도 모르게 괴롭히고 싶어."

"사람을 가지고 놀지 마. 그리고 남자 앞에서 그런 말은 함부로 하면 안 돼."

"네~, 조심하겠습니다~! 자, 만두 나눠줄 테니까 용서해 줘. 응?"

히요리가 어느새 주문한 만두를 젓가락으로 집어서 나에게 내밀었다.

흔히들 말하는 아~를 하려는 거다.

히요리가 또 날 놀리는 걸 알면서도 만두를 입안 가득 넣었다.

"잘 먹었습니다. 맛있었어요."

"감사합니다~!"

라멘을 다 먹은 우리는 테이블을 깨끗이 치우고 라멘집 주인에게 인사했다.

잘 먹었다는 인사는 중요하다. 만든 사람에게 감사와 경의를 표하는 거다.

습관처럼 굳은 인사를 한 후에 가게에서 나가자, 먼저 밖에 나간 히요리가 소리쳤다.

그녀는 바깥에 있는 우산꽂이를 가리키면서 당황한 기색으로 말했다.

"유스케, 큰일이야! 우리 우산 도둑맞았어!!"

"어? 와, 진짜네……."

우산꽂이를 보니, 분명 거기에 꽂아둔 우산들이 없었다.

바람에 날아갔을 리는 없으니, 누가 훔쳤을 가능성이 크다.

나는 상당히 굵어진 빗발을 보며 얼굴을 찌푸렸다.

"큰일이네……. 걸어서 가기에는 너무 많이 와……."

"근처에 편의점도 없었지? 버스 정류장도 없고……."

이 주변 지리는 잘 모르지만, 보아하니 버스 정류장도 편의점도 없을 것 같다.

나야 어쨌든, 옷을 얇게 입은 히요리가 이 빗속을 걷는 건 문제가 있다.

어떻게 할 수 없나 생각하고 있는데 갑자기 누가 어깨를 쳤다.

"이봐, 형씨."

"네……?"

놀라서 돌아보니 무서운 얼굴의 가게 주인이 나에게 우산을 내밀고 있었다.

가게 주인이 우산과 얼굴을 번갈아 보는 나에게 말했다.

"이거 써. 이런 일에 대비해서 놔두는 예비 우산이다. 사람 수 대로 주고 싶지만 다 내줄 수는 없는 노릇이라. 미안하지만 이거 하나로 만족해다오."

“그래도 돼요?! 잘 쓸게요! 감사합니다!!”

“고마우면 우산 돌려주러 오는 김에 또 라멘 먹으러 와라. 둘이 같이.”

얼굴은 무섭지만 마음씨 착한 가게 주인이 웃음을 지으면서 우리에게 말했다.

난 그 호의를 고맙게 받아들이기로 했고, 우산을 받으면서 가장 가까운 버스 정류장이 있는 곳을 물어본 후에 가게 밖으로 나와 히요리에게 우산을 주면서 입을 열었다.

“그럼 히요리는 이거 써. 난 뛰어서 갈게.”

히요리는 우산을 쓰고, 난 전력 질주해서 버스 정류장까지 간다. 이게 최선의 방책이다.

……난 그렇게 생각했지만, 히요리는 눈을 가늘게 뜨더니 내 제안에 퇴짜를 놨다.

“무슨 소리 하는 거야? 유스케도 쓰면 되잖아?”

“우산이 하나밖에 없는데?”

“둘이 쓰면 되지!”

그렇게 말하면서 우산을 편 히요리가 사이즈를 확인하듯이 위를 올려다봤다.

내가 봐도 둘이 못 쓸 것도 없을 것 같은…… 사이즈인 우산을 보고 고개를 끄덕인 그녀는 우산을 나에게 건네면서 다시 말했다.

“자, 둘이 쓰자. 난 유스케가 쫄딱 젖어서 감기 걸리면 안 되니까.”

“으~음…… 알았어.”

조금 부끄럽지만 히요리가 그렇게 말하면 거절할 수 없다.

몸이 튼튼한 것에는 자신이 있지만 만에 하나라도 그녀를 슬프게 하는 일이 일어나지 않게 하기 위해서라도 지금은 부끄러움을 참아야 할 것이다.

“어, 그럼, 갈까.”

“응, 잘 부탁해!”

약간 망설이면서도 히요리한테서 우산을 받아서 그녀와 함께 우산 안에 들어갔다.

난 가능한 한 그녀가 젖지 않도록 그녀 쪽의 면적을 넓게 잡고 우산을 기울여 옆으로 들어오는 비를 조금이라도 막을 수 있도록 살짝 몸을 구부려 걸으면서 히요리에게 말했다.

“괜찮아? 옆에서 비 들어오지 않아?”

“난 괜찮아! 그보다 그렇게 말하는 유스케야말로 비 좀 막아! 날 너무 신경 써서 거의 다 맞고 있잖아!”

“난 괜찮아. 히요리는 얇게 입었으니까 젖어서 몸이 차가워지지 않도록 해야지.”

“그건 그럴지도 모르지만…… 에에잇! 너무 양보하잖아! 좀 더 붙으라고!!”

“잠깐만?! 히요리?! 와앗?!”

그렇게 소리친 히요리가 갑자기 나와의 거리를 좁혔다.

최대한 내리고 있던 왼팔을 양손으로 붙잡고 조금이라도 내가 우산에 들어오는 면적을 늘리듯이 나에게 달라붙은 그녀는 밀착하면서 몸을 밀어붙였다.

내 위팔을 잡아서 자기 쪽으로 끌어당기고 다른 팔로 가슴을 아래에서 받친 히요리는 내 왼쪽 팔꿈치를 가슴골 사이에 끼우는 듯한 상태로 만들었다.

부드럽고 큰 가슴의 감촉과 그 가슴을 팔 받침대로 쓰고 있는 상황에 당황한 나는 그녀를 보면서 큰 소리로 주의를 줬다.

"히, 히요리! 그, 좀 더 떨어지는 게 좋지 않을까……?"

"안 돼. 떨어지면 유스케가 또 날 우선할 테고, 그러면 네가 젖잖아."

"아니, 그렇다고 가슴을———."

"쯧, 쯧, 쯧……! 그게 아니지, 유스케."

과장된 움직임으로 손가락을 흔든 후, 나에게 달라붙어 가슴을 더 바짝 댄 히요리가 말했다.

그 감촉에, 팔에서 느껴지는 그녀의 체온에 놀라 굳은 날 보고 씨익 웃은 그녀는 즐거운 목소리로 이렇게 말했다.

"이건 닿은 게 아니라…… 대고 있는 거야."

"대, 대고 있어……?!"

히요리가 살짝 올려다보면서 놀리는 듯한 웃음을 띠고

한 말에 나도 모르게 숨을 죽였다.

그렇게 말하면서 가슴을 더욱 바짝 댄 그녀의 움직임에 깜짝 놀란 나는 헛기침을 하고 걷기 시작하면서 말했다.

"노, 놀리지 마……! 나, 그런 건 안 익숙하니까……!!"

"아하핫! 미안, 미안! 말해보고 싶었던 대사를 내놓을 기회라서 그만……."

"알았으니까 팔 좀 놔줘! 떨어지는 편이 좋다고!"

"그건 안 돼! 내가 떨어지면 유스케가 또 쫄딱 젖잖아? 그러니까 조금이라도 더 둘이 우산을 쓸 수 있게 이렇게 할 거야!!"

히요리가 꼬옥~ 하고 내 팔을 세게 안자, 팔과 팔꿈치에 닿는 가슴의 감촉도 더욱 확실하게 느낄 수 있게 되었다.

비가 쏟아지는 추운 날, 부끄러움에 얼굴을 새빨갛게 물들인 내가 볼에 열을 느끼는 가운데, 히요리가 씨익~ 하고 웃으면서 말했다.

"딱 좋은 높이라 잘됐네~! 유스케도 팔이 편해서 좋지~?"

"오히려 이래저래 힘든데?! 알았으니까 그렇게 억지로 밀어붙이는 건 그만둬!!"

"그래! 그럼 괜찮겠지! 단, 조금이라도 긴장 풀면 또 꼬~옥 할 거야!"

히요리가 팔에 힘을 빼주자 긴장이 다소 풀렸지만, 여전히 가슴 한구석은 떨리고 있었다. 비바람을 피해 몸을 기대오는 히요리와는 닿아 있는 면적이 넓은 데다, 팔을 꽉 쥔 손의 감촉이 자꾸만 의식됐기 때문이다. 하지만 그 손이 꽤 차갑다는 걸 알아차린 순간, 나는 무심결에 묻고 말았다.

"히요리, 손이 너무 차가운데? 그런 차림이면 역시 춥지 않아?"

"아하하, 그렇지? 비까지 내리는데 겉옷이 없으니까 좀 힘드네……."

셔츠 위에 블레이저를 입은 나와는 달리 히요리는 얇은 셔츠 하나만 입었다.

비에 젖은 상태로 찬바람을 맞으면 얼어붙을 정도로 춥겠다며 걱정했는데, 이번엔 히요리가 나에게 말했다.

"……미안해, 유스케. 나 때문에 고생시켜서."

"응? 뭘 사과하는 거야?"

"몸을 숙이고 내 보폭에 맞추느라 속도가 늦어지고 있잖아? 유스케 혼자였으면 이미 버스 정류장에 도착했을 텐데……. 그 가게에 가자고 한 것도 나잖아. 날씨를 생각하면 집 근처에 있는 가게로 가야 했어. 미안해."

"아니야, 사과하지 마! 나쁜 건 우리 우산을 훔친 사람이지, 히요리는 잘못 없어!"

"그래도——."

아무래도 히요리는 이 상황에 책임을 느끼는 것 같다.

히요리를 생각해서 배려하는데, 그 배려가 나한테 부담이 된다고 생각하게 만든 것 같다.

아까 무리하게 가슴을 팔에 댄 것도, 놀리는 것처럼 보이게 해서 내가 무리하지 않도록 하려는 거였다.

그걸 이해한 나는 풀이 죽은 히요리의 말을 가로막고 격려하면서 솔직한 내 마음을 전했다.

"진짜 신경 쓸 필요 없어. 아까도 말했지만 나쁜 건 우리 우산을 훔친 사람이지, 히요리의 책임이 아니야. 그리고…… 그, 이 상황도 싫지 않아. 오히려 운이 좋다고 해야 할까……."

"어……?"

어리둥절한 표정으로 나를 올려다보는 히요리의 시선을 견디지 못하고 나도 모르게 고개를 돌려버렸다. 나답지 않다는 걸 알면서도, 나는 가슴속에 담아둔 진심을 솔직하게 꺼내놓았다.

"이렇게 히요리랑 같이 우산을 쓸 수 있어서…… 음, 남자인 나로선 기쁘다고 해야 할까. 우산을 도둑맞은 건 분명 운이 없는 일이지만, 지금 이 상황만 생각하면 충분히 보상받고도 남는다고 생각해."

달라붙는 것도, 가슴이 닿는 것도, 몸을 웅크리고 한 우산을 쓰는 것도…… 부끄럽지만 싫진 않다.

오히려 평소보다 히요리를 가까이에서 느낄 수 있어서

나로서는 기쁠 따름이다. 그녀가 감기에 걸리지 않을지가 좀 걱정이지만, 그 이외에는 좋았다.

"맛있는 라멘도 먹고, 한 우산을 쓰고 이야기도 할 수 있어서 즐거워. 그러니 히요리가 자기 탓이라 생각할 필요 없어."

"……그렇구나. 유스케, 나랑 같이 우산을 쓸 수 있어서 좋구나. 에헤헷, 그렇단 말이지……!"

내 말을 들은 히요리가 그 말을 음미하듯이 반복해서 중얼거렸다.

그러는가 싶더니 조용히, 하지만 기쁜 듯이 들뜬 목소리로 말하면서 팔에 힘을 꼬옥 주며 몸을 기대왔다.

그게 놀리는 게 아니라 친애와 기쁨을 나타낸다는 걸 나도 알 수 있었다.

아주 약간 차가워졌던 히요리의 몸이 따뜻해지면서 그녀의 얼굴이 희미하게 빨갛게 물든 것처럼 보이는 건 내 착각일까?

빗속을 계속 걸은 우리 앞에 드디어 버스 정류장이 모습을 드러냈다.

지붕이 달린 정류장을 본 우리는 걷는 페이스를 살짝 올려 그 안에 뛰어들어 겨우 한숨 돌렸다.

"지붕이 있어서 살았다~! 어디 보자, 수건이……."

"버스 시간 확인하고 올게. 잠깐 기다리고 있어."

　버스 정류장 벤치 위에 가방을 두고 안에 든 것을 뒤지기 시작한 히요리에게 그렇게 말하고 다시 지붕 바깥으로 나갔다.

　버스 시간표를 확인한 나는 재빠르게 지붕 아래로 돌아왔다.

　"10분 정도 있으면 오는 것 같아…… 컥?!"

　"유스케?! 왜 그래 갑자기?!"

　그녀를 본 나는 그 모습에 놀라 기침하고 말았다.

　히요리가 덩달아 놀라서 바라보기에 난 콜록거리면서 이유를 말했다.

　"아니, 그…… 셔츠가 비쳐서, 속옷이…….."

　"어? 앗……!!"

　히요리도 내 말을 듣고 자신의 상태를 깨달은 모양이다.

　휘몰아치는 비바람에 흠뻑 젖은 셔츠가 몸에 딱 달라붙어서 그 아래에 숨어있는 히요리의 속옷과 피부가 비쳐 보였다.

　큰 곡선을 그리며 비치는 피부와 그걸 덮은 핑크색 속옷을 본 나는 손으로 입을 막고 눈을 돌릴 수밖에 없었다.

　"으아~ 이렇게 젖었으니 어쩔 수 없나……."

　"미안……."

　"유스케가 사과할 거 없어! 그냥 운 좋았다고 생각해! 자, 내가 말한 대로였지?"

'아까 말한 대로 핑크색 속옷이야~!'라고 장난스럽게 말하면서 비쳐 보이는 셔츠에 덮인 가슴을 과시하는 히요리. 하지만 이걸 운이 좋다고 생각하는 건 어떨지 싶은데.

"그래도 본 사람이 유스케뿐이라 다행이야! 의도한 건 아니지만, 유스케한테 내 매력을 보여준 셈이잖아?"

"그렇게 생각해 주는 건 고맙지만, 그래도 그 모습으로는 버스 타기 어렵지 않을까……."

"으~음…… 수건을 이렇게 하면 어떻게든 되지 않을까?"

히요리가 자기 가슴에 펼친 수건을 얹었다.

그러면 앞부분을 가릴 수 있겠지만, 뒤는 어쩌려고? 등과 어깨는 전혀 가리지 못했는데.

이 상태로 사람 많은 버스에 타는 건가…….

묘하게 불안해진 나는 블레이저를 벗어 히요리에게 내밀었다.

"좀 젖었지만 이거라도 걸쳐. 적어도 수건보다는 훨씬 낫겠지. 히요리의 짐은 내가 들게. 몸을 가리는 데 전념해!"

나와 히요리는 키 차이가 30cm 이상 난다. 블레이저도 그만큼 크기 때문에 히요리가 걸치기에는 지나치게 크다.

하지만 그걸 망토처럼 두른다면 몸을 가리기에는 충분하다.

그러자 히요리가 황급히 반대했다.

"안 돼! 마음은 고맙지만, 그러면 유스케가 춥잖아! 아무리 버스에 탄다고 해도, 젖은 옷으로는 체온이 내려갈 거야.”

“난 괜찮아! 신경 쓰지 마!”

확실히 조금 춥지만, 그렇게 따지면 히요리가 훨씬 더 추울 것이다.

무엇보다 이건 단순한 배려가 아니다. 난 그녀를 설득하기 위해 솔직하게 마음을 털어놓았다.

“이건 배려가 아니라 그렇게 해줬으면 해서 하는 말이야! 내가 감기에 걸리지 않았으면 해서 히요리가 같이 우산을 쓰자고 한 거랑 같아!”

“아니 그것도 배려잖아? 마음은 고맙지만 수건으로 충분해.”

“그게 아니라! 내가 싫다고!”

“어……?”

블레이저를 돌려주려고 하는 히요리에게 큰 소리로 대답했다.

지금 자신이 엄청난 표정을 짓고 있다는 건 자각하고 있지만 지금은 얼굴을 돌리면 안 된다. 확실히 말해야 한다.

치밀어 오르는 부끄러움을 꾹 참고 나는 그녀의 눈을 똑바로 보면서 이렇게 이어서 말했다.

“히요리가 괜찮아도 내가 싫어. 그…… 히요리의 그런 모습, 다른 사람에게 보여주고 싶지 않아. 그러니까 확실하게 가려줘.”

“……!”

“이제 알겠지? 이건 배려가 아니라 내 고집이야. 무슨 소릴 하는가 싶지만…….”

정말 스스로 생각해도 무슨 말을 하는 건가 싶다.

남자 친구도 뭣도 아닌 주제에 독점욕을 보이다니, 기분 나쁘잖아.

그래도 속마음을 숨기고 싶지 않다. 이 히요리를 사람들에게 보여주고 싶지 않다.

이럴 거면 그냥 부탁하는 편이 좋았던 건 아닌지 후회하고 있으니 부스럭 소리가 들렸다.

“에헤헤……! 헐렁헐렁해. 유스케는 역시 크구나……!”

내 블레이저를 걸치고 열심히 소매에 팔을 낀 히요리가 부드러운 웃음을 띠면서 말했다.

스스로 껴안듯이 단단히 몸 전체를 덮은 히요리가 왠지 모르게 기쁜 듯이 웃고 있었다.

“유스케가 그렇다면 어쩔 수 없지. 고맙게 쓸게.”

“어…… 응, 그래. 젖었는데, 춥진 않아?”

“괜찮아~! 이러고 있으면 유스케가 껴안고 있는 것 같은 느낌이거든…….”

히요리가 달콤한 목소리로 속삭였다.

껴안는 모습을 상상하고 부끄러워진 나는 이번에야말로 견딜 수 없는 창피함에 얼굴을 빨갛게 물들이면서 눈을 돌렸다.

　“우후, 후후, 우후후후후후후……!”

스스로 생각해도 깜짝 놀랄 정도로 기분 나쁜 목소리가 욕실에 울렸다.

나는 따뜻한 물속에서 다리를 파닥파닥 움직이면서 혼잣말을 중얼거렸다.

　“유스케도 참, 진짜……! 어떻게 해, 정말!!”

난 그렇게 외친 후, 머리끝까지 물속에 몸을 담그고 숨이 찰 때까지 잠수했다가 힘차게 일어섰다.

첨벙! 하는 소리와 함께 물이 튀어 올랐다.

진정되지 않는 마음을 품은 채로 다시 앉은 나는 히죽히죽 웃으면서 작게 중얼거렸다.

　“누구에게도 보여주고 싶지 않대! 진짜, 어떻게 해……!!”

라멘을 먹고, 쏟아지는 빗속에서 같은 우산을 쓰고, 버스 정류장에서 옷이 비쳐 보이는 걸 알아차리고…… 나에게 교복을 건네는 유스케.

이 장면을 대체 얼마나 곱씹었을까.

계속 나를 우선하던 그가 처음으로 내세운 주장.

필사적인 유스케가 귀엽고 사랑스러워서 참을 수 없었다.

　“남자 친구라도 된 듯이 말하기나 하고~. 으으, 진짜 귀여워……!”

다른 누구에게도 보여주고 싶지 않다니! 귀여운 독점욕이 담긴 유스케의 말은 내 가슴에 깊이 박혔다.

나에게 자기 블레이저를 입히고, 비치는 셔츠를 가리게 하고, 버스 안에서도 계속 주위를 경계하고, 택시로 갈아타는 그 순간까지 계속 신경을 써준 유스케.

결국 자기 교복을 나한테 빌려준 채로 헤어지고 말았다.

추웠을 텐데 내 속옷을 누구에게도 보여주고 싶지 않다는 독점욕을 우선한 그를 생각하니, 나도 모르게 미소가 번졌다.

이 모든 것이, 내게는 너무너무 기뻐서 견딜 수가 없었다.

"날 소중히 대해주고 있구나……! 훗, 후후후훗……!"

내가 먼저 우산을 쓰게 하려고 하고, 한창 같이 우산을 쓰고 있는 중에는 내가 비에 젖지 않도록 해주고, 블레이저를 빌려주고…… 오늘 귀갓길만으로도 유스케의 배려하는 마음을 잔뜩 느낄 수 있었다.

그 상냥함을 하나하나 느낄 때마다 심장이 쿵쿵 뛰고, 아찔할 만큼 기뻤다.

자기가 젖더라도 내가 더 넓게 우산을 쓰길 바란다.

자신이 추위를 느끼더라도 나의 모습을 사람들에게 보여주고 싶지 않다.

귀가가 늦어지고 비에 젖고 추위를 느끼더라도 날 우선하고 싶다.

유스케의 흑심 없는 상냥함이, 배려가, 온정이…… 날 소중히 대한다는 실감을 느끼게 한다.

그리고 실감은 따뜻한 행복이 되어 내 안에 주체할 수 없을 만큼 퍼져나간다.

아마 요시히데에게 배신당한 상처가 남아있어서 그런 이유도 있을 것이다.

추운 날에 먹는 라멘이 맛있게 느껴지듯이, 비에 젖은 몸을 데워주는 목욕이 더 따뜻하게 느껴지듯이, 믿었던 사람에게 배신당한 직후였기에 유스케의 상냥함이 아주 따뜻하게 느껴졌다.

요시히데와는 다르게 날 소중히 대하는 마음이…… 유스케의 행동 하나하나에서 확실하게 전해졌다.

정말 다정하고 따뜻한 행복이다.

기뻐서 눈물이 날 정도로…… 지금 난 행복하다.

"진짜, 푹 빠진 정도가 아니야……! 나, 어떻게 해……!"

좋아하는 사람에게 받는 호의란 이토록 행복한 일이었구나.

나에게만 향하는 상냥함도, 독점욕도, 따뜻함도, 더 많이 느끼고 싶다.

그리고 이 행복을 유스케에게도 주고 싶다.

두근두근, 고동이 자꾸 강해지면서 따뜻한 뭔가가 온몸으로 퍼져간다.

나는 한 번 더 머리까지 물속에 몸을 담갔다가 나왔다.

"진짜, 너무 좋아하게 돼버렸잖아……."

아무래도 생각 이상으로 유스케를 좋아하게 된 것 같다.

같은 우산을 쓰고 있을 때도 '대고 있는 거야'라고 했는데, 속으로는 긴장해서 굳어있었다.

어쩌면 우산을 도둑맞은 게 나에게는 행운이었을지도 모르겠다.

쏟아지는 빗줄기보다 유스케의 다정함이 더 진하게 와닿았고, 그 덕분에 말로 표현 못 할 만큼 달콤하고 따뜻한 행복을 느꼈다. 게다가 우산을 돌려준다는 핑계로 그 라멘집에 다시 갈 구실까지 생겼으니, 다음 데이트를 약속받은 거나 다름없어 정말 기쁘다. 이토록 행복한 시간을 보냈으니, 이번만큼은 우산 도둑에게 고마워해야 할 것 같다.

물론 도둑질은 용서할 수 없지만. 범인의 고간이라도 차고 싶은 기분이다.

만에 하나라도 오늘 일로 유스케가 감기라도 걸리면 난 절대로 범인을 용서할 수 없다. 평생토록 저주할 거다.

욕실에서 나와 따뜻해진 몸을 배스 타월로 닦으며 이후에 할 일을 되뇌었다.

"우선 빌린 교복부터 잘 말려 놓아야 해. 내일 유스케한테 돌려줘야 하니."

빌린 물건은 깨끗하게 돌려주는 게 당연한 도리. 그러니

주름이 지지 않도록 잘 말려서 다림질 해두자. 엉망으로 돌려주면 유스케가 학교에서 창피를 당할지도 모르잖아.

"후훗, 무슨 아내의 대사 같네……."

집에 혼잣말을 들을 사람이 없어서 다행이라고 생각하던 차에 스마트폰에 알림이 왔다.

"앗, 유스케!"

마침 그를 생각하던 참인데 그에게서 연락이 오니 기뻤다.

아마 나를 걱정하는 연락이겠지……?

그러나 막상 확인한 메시지는 예상과 달랐다.

『내일 블레이저 안 가져와도 괜찮아.』

그가 보낸 메시지에 난 갸웃했다.

왜냐고 물으니 간결한 대답이 돌아왔다.

『아무래도 감기 걸린 거 같아…….』

나는 무심코 숨을 죽였다.

『몸 상태는 어때? 일 때문에 조금 늦을 것 같으니, 미안하지만 레토르트 죽을 먹어. 어머니가.』

(걱정하게 했네. 딱히 엄마가 사과할 일도 아닌데…….)

일 때문에 늦어서 미안하다는 어머니의 사과에 나는 다시금 가족들이 자신을 신경 써주고 있다는 것을 느끼고 깊은 한숨을 쉬었다.

지금은 거실에 이불을 깔고 누워있다. 여기가 내 방보다 화장실과 부엌이 가깝다.

스마트폰 시계를 보니 오후 4시 무렵이었다.

나는 화면을 멍하니 바라보며 이런저런 생각을 했다.

(감기로 학교를 쉰 게 얼마 만이더라. 지금쯤이면 히요리도 집에 갔으려나……?)

누운 몸을 돌려 천장을 바라보았다.

고등학교 입학한 지 얼마나 되었다고 이런 꼴인지. 가족들에게도 걱정을 끼치고 말았다.

그리고 히요리에게도 심려를 끼쳤다. 어제, 블레이저 건으로 헛걸음하지 않도록 미리 연락했는데, 이러면 히요리는 자기 때문에 내가 감기에 걸렸다고 생각할 수도 있다.

내 생각이 짧았다.

자신의 실책을 한탄하고 있으니, 갑작스럽게 초인종이 울렸다.

(이 시간에 누구지……?)

오늘은 찾아올 사람이 없다. 마사토나 타이가가 초인종을 누를 리도 없다.

택배인가 싶어 비틀비틀 일어나 현관문을 여니, 생각과는 전혀 다른 사람이 서 있었다.

"……히요리?"

"안녕, 유스케. 대뜸 와서 미안하지만, 들어갈게."

당황해서 굳어있으니, 히요리가 집 안으로 스윽 들어오더니 내 안색을 살폈다.

"몸은 좀 어때? 기침이나 열은 괜찮아?"

"어…… 일단은. 그렇게 심하진 않아."

"다행이다. 미안해, 어제 나한테 겉옷을 빌려주는 바람에……."

"그게 히요리 탓은 아니잖아. 신경 쓰지 마."

히요리는 교복 차림으로 손에 큰 종이봉투와 비닐봉지를 들고 있었다. 학교에서 바로 온 걸까?

문득 후줄근한 잠옷 차림이 민망해진 나는 살짝 얼굴이 달아올랐다.

"그런데 히요리는 무슨 일로 이렇게 갑자기……?"

"왜기는! 당연히 유스케를 간병하려고 왔지!"

"어…… 어?"

신발을 벗고 현관에서 올라온 히요리는 내게 비닐봉지를 흔들어 보여주었다.

그녀의 입에서 튀어나온 예상 밖의 대답에 난 눈을 휘둥그레 떴다.

"환자는 가서 쉬고 있어! 내가 밥해줄게!"

"아니, 그러면 내가 너무 미안하지! 나 때문에 감기라도 옮으면 어쩌려고!"

"난 괜찮으니까 신경 쓰지 마! 지금은 나보다 네 걱정이 우선이야!"

히요리의 마음은 고마웠지만, 기쁨보다는 미안함이 앞섰다. 아무리 그래도 이런 일로 수고를 끼칠 수는 없다고 생각하던 찰나, 히요리가 고개를 푹 숙인 채 나지막이 중얼거렸다.

"……미안해. 유스케가 감기에 걸린 건 다 내 탓이야. 항상 날 배려하고 다정하게 대해주지만, 유스케도 결국 사람이잖아. 이렇게 탈이 나는 게 당연한데……."

역시 어제 히요리에게 몸이 안 좋다고 말하는 게 아니었다. 히요리가 자책하는 걸 원치 않았기에 뭐라 말을 건네려던 찰나, 그녀가 먼저 고개를 들고 입을 열었다.

"그러니까…… 오늘은 내게 기회를 줘. 나도 유스케한테 힘이 되어주고 싶고, 나한테 많이 기댔으면 좋겠어. 오늘 하루뿐이라도 좋으니까, 부탁이야!”

“히요리…….”

고개를 깊숙이 숙이며 간절하게 부탁하는 모습에 가슴 한구석이 아릿했다. 나를 생각하는 그 마음을 도저히 외면할 수 없어서, 나는 나직한 목소리로 대답했다.

“……알았어. 그럼 오늘은 히요리한테 푹 기댈게.”

“정말?! 고마워! 내가 정성껏 돌봐줄 테니까, 유스케는 아무 걱정하지 말고 쉬어!”

내 대답에 환한 미소를 지은 히요리가 주먹을 불끈 쥐어 보였다. 오히려 간병을 받는 내가 더 고마워해야 할 판인데. 나는 남모르게 쓴웃음을 지으며 그녀와 함께 거실로 향했다.

“마실 거랑 이것저것 사 왔어. 일단 냉장고에 넣어둘게. 참, 약은 먹었어?”

“아니, 아직. 아침부터 아무것도 안 먹어서…….”

“뭐, 정말?! 그러면 안 되지! 속이 비어있으면 감기도 잘 안 낫는단 말이야. 입맛 있으면 내가 죽 끓여줄게! 그거 먹고 약 먹은 다음에 푹 쉬어, 알았지?”

“응, 그럴게. 여러모로 고마워, 히요리.”

이불에 들어가 몸을 비스듬히 일으킨 채, 부엌에서 분주히 움직이는 히요리에게 고맙다고 인사를 건넸다. 음료수

병을 들고 다가온 그녀가 부드럽게 미소 지었다.

"오늘은 나한테 팍팍 기대. 유스케가 해달라는 건 뭐든지 다 들어줄게."

히요리는 내 머리를 상냥하게 쓰다듬어 이불 위에 눕히고는 자리에서 일어났다. 달콤한 목소리와 손길에 가슴이 설레는 사이, 그녀는 봉투에서 재료를 꺼내 죽 끓일 준비를 시작했다.

"부엌 좀 빌릴게! 조리기구 위치는 저번에 카레 만들 때 봤으니까 걱정하지 마."

날 안심시키듯이 말하는 히요리에게 손을 들고 대답했다.

안심시키듯 말하는 히요리에게 가볍게 손을 흔들어 대답했다. 그러고는 얌전히 누워 요리가 다 되길 기다리는…… 척을 하며, 몰래 그녀의 뒷모습을 훔쳐보았다.

"흥흐~흥, 흐흐흐흥~."

기분 좋게 콧노래를 부르면서 죽을 끓이는 히요리의 손놀림이 아주 익숙해 보였다.

작은 질냄비에 물을 끓이고 밥을 넣어 부드럽게 만드는 동안 파를 썰고…… 척척 요리하고 있다.

카레를 만들 때도 느꼈지만 히요리도 요리가 능숙하다. 히요리는 분명 가정적인 신부가 될 거다.

"음, 됐다! 이제 조금만 기다리면 돼. 유스케, 혹시 필요한 거 없어?"

“어어, 아니야, 괜찮아.”

“뭐야~? 그렇게 멍하니 보고만 있고. 혹시 요리하는 내 모습에 넋이라도 나간 거야~?”

장난스러운 물음이었지만 정곡을 찔린 나는 쑥스러운 쓴웃음을 지을 수밖에 없었다. 히요리는 내 반응이 재밌는 듯 생긋 웃고는 다시 요리에 집중했다. 이윽고 방 안에 고소한 냄새가 가득 퍼질 무렵, 히요리가 완성된 죽 냄비를 쟁반에 받쳐 들고 다가왔다.

“자, 오래 기다렸지? 계란죽이야.”

뚜껑을 열자 피어오르는 김 사이로 구수한 향이 확 끼쳐왔다. 하양, 노랑, 초록의 삼색이 조화롭게 어우러진 죽이 참 먹음직스러웠다. 히요리는 숟가락으로 죽을 조심스레 떠서 입바람으로 정성껏 식히고는 나에게 건넸다.

“자, 아~……!”

“어?! 아니, 내가 떠먹어도 되는데…….”

“사양할 거 없잖아! 저번에도 해봤고, 무엇보다 지금은 우리 둘뿐이니까!”

디저트 뷔페 때도 겪어본 일이고, 여기는 내 집이라 딱히 눈치 볼 사람도 없긴 했다. 하지만 부끄러운 건 엄연히 별개의 문제다. 그래도 열 때문인지 머리가 멍해서 대꾸할 기운조차 없던 나는, 결국 항복하고 입을 열었다. 히요리는 기분 좋게 웃으며 숟가락을 내 입가로 가져갔다.

“응, 음…… 맛있다, 이거!”

“정말?! 다행이다~! 입에 안 맞으면 어쩌나 했어!”

소금 간만 살짝 한 계란죽은 부드러워 정말 먹기 편했다.

소박하지만 히요리의 정성이 가득 느껴지는 맛에 마음
까지 따뜻해졌다.

“고마워, 히요리. 엄청 맛있어. 그래도 역시 ‘아~’는 좀
창피하니까 이제 내가 먹을게.”

“치이, 부끄럼쟁이 녀석~! 난 나름 즐거웠는데, 그렇게
까지 말한다면야 어쩔 수 없지~.”

일단 한 입 먹이는 데 성공해서인지, 히요리는 순순히
숟가락을 건네주었다. 그녀의 다정함을 음미하며 천천히
죽을 비워가는 사이, 히요리가 약과 물을 챙겨왔다.

“다 먹으면 이거 먹어. 혹시 가리는 약 있어?”

“아니야, 이거면 돼. 일일이 고마워, 히요리.”

정성껏 돌봐준 히요리에게 고마워하며 계란죽을 비운
뒤, 그녀가 챙겨준 약까지 챙겨 먹었다. 다 먹은 식기를 치
우고 한숨 돌리려는데, 몸이 땀으로 흠뻑 젖어 있다는 사
실을 깨달았다. 따뜻한 죽을 먹은 덕분에 체온이 오른 모
양이었다.

땀을 흘리는 나를 발견한 히요리가 깜짝 놀라며 후다닥
달려왔다.

“와앗?! 땀을 엄청 흘리네! 얼른 옷 안 갈아입으면 몸이

다시 차가워질 거야!”

“아, 그렇네……. 미안한데 저기 옷장에 갈아입을 잠옷 좀 가져다줄래?”

“알았어!”

활기차게 대답하며 경례한 히요리가 옷장을 뒤지기 시작했다. 그녀는 금세 갈아입을 옷을 찾아냈지만, 나에게 건네주기 직전 뭔가가 생각난 듯 멈춰 섰다.

“잠깐! 이대로 갈아입어 봤자 새 잠옷도 금방 땀범벅이 될 거야. 우선 땀부터 닦아야 해!”

“아, 응, 그렇겠네.”

과연 그렇겠다는 생각에 몸을 일으켜 입고 있던 잠옷 상의를 벗었다. 그러고는 수건을 찾으려는데, 히요리가 어느새 무릎을 굽히고 앉아 생긋 웃으며 수건을 들고 다가왔다.

“자, 몸 닦아줄게! 등은 혼자 닦기 힘드니까 내가 해주는 게 낫겠지?”

“어? 뭐, 아무래도 그렇겠지……?”

살짝 불길한 예감이 들었지만, 확실히 등은 히요리의 도움을 받는 게 편할 것 같았다.

열 때문에 판단력이 흐려진 나는 결국 그녀에게 몸을 맡겼다.

“후훗……! 유스케, 등 진짜 넓다……! 남자 등이라는 느낌이야.”

"웃······!"

수건이 등을 훑는 감촉과 바로 귓가에서 들려오는 속삭임에 심장이 쿵쿵 뛰었다.

점점 이래도 되는 걸까 하는 생각이 들던 차에 히요리가 뒤에서 안듯 내 배 쪽으로 손을 뻗었다.

"오오! 유스케, 복근 탄탄한데? 역시 운동부 출신이라 그런지 몸이 좋네!"

"으······?!"

수건을 쥔 손으로 배를 만지는 간지러운 느낌이 부끄러웠지만, 진짜 큰 문제는 내 등이다. 밀착하다시피 끌어안은 탓에 히요리의 부드럽고 커다란 가슴이 닿는다!

어제 들은 '대고 있는 거야'라는 말이 떠올라 전전긍긍하는 사이, 히요리의 손은 내 가슴팍으로 옮겨갔다.

"우와~, 흉근도 탄탄하네~! 내 가슴이랑은 전혀 달라~!"

"저기, 히요리? 좀 떨어지는 게 좋지 않을까? 자꾸 내 등에 가슴이 닿는 거 같은데······."

"왜~? 조금만 더 하면 끝나니까 참아! 응? 조금만 더 하면 되니까!"

웃는 얼굴로 거절당했다.

이것도 히요리의 장난인 걸 알았지만, 더 항의할 기력이 없는 나는 순순히 몸을 맡겼다.

잠시 후, 미묘한 초조함 속에 땀을 닦은 나는 새 잠옷으로 갈아입은 후에 큰 하품을 흘렸다.

"후훗……! 배도 부르고, 슬슬 약 기운이 올라오나 보네?"

"그런가 봐…… 미안, 잠깐만 잘게."

"난 신경 쓰지 말고 편히 쉬어. 내가 안는 베개 해줄까?"

"마음은 고맙지만, 감기 옮을지도 모르니까 사양할게."

쏟아지는 잠에 태클 걸 기운도 없었다. 비몽사몽 대답하는 나를 보며 히요리가 즐거운 듯 웃었다. 그녀는 이불 위에 누운 내 머리를 쓰다듬으며 부드러운 목소리로 말했다.

"잘 자, 유스케. 좋은 꿈 꿔."

"응…….'

대답을 다 끝내기도 전에 무거운 눈꺼풀이 스르르 내려앉았다. 머리칼을 스치는 히요리의 작고 따뜻한 손길을 느끼며, 나는 깊은 잠 속으로 빠져들었다.

"후훗, 벌써 잠들었네. 열 때문에 많이 지쳤나 보구나."

든든하게 배를 채운 덕분인지, 아니면 약효가 나타난 건지. 순식간에 꿈나라로 떠나버린 유스케를 보며 조용히 중얼거렸다. 평소처럼 단정하면서도 어딘가 귀여운 자는 얼굴을 가만히 내려다보다, 그의 머리칼에 살그머니 손을 뻗었다.

"머릿결이 의외로 찰랑찰랑하네…… 그리고 생각보다 길구나."

평소엔 30cm나 차이 나는 키 때문에 좀처럼 닿지 않았던 유스케의 머리를, 나는 아주 조심스럽게 어루만졌다.

이렇게 직접 만져보지 않으면 알 수 없었을 머리카락의 감촉이나 길이를 느끼고 있자니, 나도 모르게 입가에 미소가 번졌다. 손가락으로 머리칼을 빗어 넘기고, 가만히 머리를 쓰다듬고…… 좀처럼 닿을 수 없던 머리에서 얼굴 쪽으로 손을 옮긴 나는 그의 이마 위에 조심스레 손을 얹었다.

고르게 숨을 내뱉으며 잠든 유스케의 이마는 열기 때문인지 조금 뜨거웠고…… 그 온기가 손바닥을 타고 전해지자 가슴 한구석이 시큰하게 아려왔다.

"미안해. 내가 또 무리하게 만들었네."

난 후회와 미안함에 고개를 떨구며 잠든 그에게 사과했다.

정말…… 유스케에게는 만난 이후로 나는 줄곧 민폐만 끼치고 있는 것 같다.

유스케는 자기 고집으로 블레이저를 빌려줬다고 말하지만, 내게 마음 써준 건 변하지 않는다.

나를 먼저 생각하고 소중하게 대하는 성실한 그에게 어떻게 해야 이 마음을 전할 수 있을까.

유스케의 머리를 쓰다듬으면서 그런 생각을 하던 내 눈에 자신의 커다란 가슴이 비쳤다.

"…………."

문득 날 배신한 전 남자 친구의 야한 짓을 하게 해달라
던 저질스러운 말이 떠올랐다.

……물론 그와 유스케는 다르다. 심성 착한 그가 그런
걸 내게 직접 요구할 리는 없다.

하지만 유스케 또한 사람이다. 보여주지 않았을 뿐이지
당연히 욕망이 있을 거다.

체력 테스트 때 내 엉덩이를 보고 동요했듯, 어제 내 속
옷을 보고 얼굴을 빨갛게 물들였듯…… 유스케도 그런 욕
망이 있기에 날 여자로 대한다. 그렇다면 나는…….

나는 무의식 간에 침을 꿀꺽 삼키고 숨을 죽였다.

만약 내가 **그런 짓**을 허락하면…… 유스케가 날 좋아할
까? 계속 내 곁에 있을까?

"……무슨 생각을 하는 거야. 그러면 유스케를 난처하게
할 뿐이잖아."

그에게 적극적으로 다가가는 자신을 상상하니 당황하는
유스케의 표정이 자연스럽게 떠올랐다.

자조하듯이 웃은 나는 크게 심호흡하고 바보 같은 생각
을 떨쳐냈다.

지금은 나 때문에 몸 상태가 안 좋아진 유스케를 돌보는
데 집중해야 한다. 이런 바보 같은 생각을 할 때가 아니다.

하지만…… 잊은 줄 알았던 그 녀석의 말이 계속 머릿속
을 맴돌며 내 마음을 술렁이게 했다.

"이러면 안 돼. 이런 표정을 보이면 유스케가 또 날 걱정할 거야."

유스케 앞에서 이런 생각이나 하는 자신이 한심했다.

이런 꼴사나운 마음을 품고 있으면 그는 금방 알아차릴 것이다.

유스케를 간병하러 왔는데 그랬다가는 도움이 되기는커녕 민폐다.

잠든 유스케가 깨기 전에 어떻게든 마음을 가라앉히자.

나는 유스케의 이마에서 손을 살짝 떼고 작게 숨을 내쉰 후에 일어섰다.

"저녁이나 미리 만들어 둘까……. 뭐라도 집중하면 잊어버리겠지."

부엌으로 가서 냉장고에 넣어둔 재료를 꺼냈다.

죽은 아까 먹었으니 저녁은 다른 요리를 할 생각이다. 나는 재료를 부엌에 나열했다.

"죽을 먹는 걸 봐서 식욕은 있는 것 같지만…… 너무 무거운 건 피해야겠지?"

약 기운이 돌고 있으니 열도 곧 내릴 테지만 아직 몸이 회복한 건 아니다.

닭고기와 파의 파란 부분을 한입 크기보다 약간 작게, 몸 상태가 안 좋아도 먹기 쉬운 크기로 썰어 끓는 물에 넣었다.

이것만 넣어도 풍미가 있지만, 오늘은 유스케를 위해 좀 더 공을 들일 생각이다.

상큼한 향으로 더 먹기 쉬우면서 식욕이 나도록 해야지.

나는 유자 껍질을 꺼내 잘게 잘라나갔다.

"응, 괜찮네! 어디 보자, 고기는……."

재료를 다 썰고 닭고기가 잘 익었는지 확인했다.

닭고기를 고른 이유는 얼마 전에 대접받은 게 치킨 카레였기 때문이다. 물론 그것만으로 닭고기를 좋아하는지는 알 수 없지만, 적어도 그때 먹었으니 싫어하지는 않을 거다. 아마도…….

괜찮겠지……? 뒤늦게 불안을 느끼며 닭고기가 익은 것을 확인한 나는 유자 과즙과 육수를 끓는 물에 넣고 소금으로 간을 맞췄다.

나중에 다시 데울 것을 생각해서 물을 약간 많이, 간은 조금 약하게. 이러면 먹을 때는 간이 딱 맞을 거다.

난 유스케만을 위한 요리를 만들어 나갔다.

(그러고 보니 아까 죽을 끓일 때, 유스케가 나를 빤히 보고 있었지……? 호, 혹시 진짜로 넋 놓고 보고 있었던 걸까?!)

혼자만의 착각일 수도 있고, 단순히 아파서 정신이 없었던 것뿐이겠지만…… 만약 조금이라도 진심이 섞여 있었다면 정말 행복할 것 같다.

내가 만든 죽도 남김없이 다 먹어주었다. 그런 사소한 부분에서까지 애정과 배려가 느껴져서, 요리를 마무리하는 내내 콧노래가 절로 나왔다.

"유스케가 얼른 나았으면 좋겠다. 맛있게 먹어주길……!"

냄비 가득 퍼지는 맛있는 냄새에 요리가 잘 됐음을 확신한 나는, 만족스러운 미소를 지으며 달콤하게 중얼거렸다.

중요한 조미료는 '사랑'과 '감사하는 마음'…… 약간 부끄러운 생각이지만, 이걸 먹어준 유스케가 건강해진 모습을 떠올리자니 가슴이 자꾸만 크게 요동쳤다.

"음, 으음…… 흐아아아아아암……!"

코끝을 간질이는 맛있는 냄새에 이끌려 잠에서 깨어났다. 크게 하품하며 기지개를 켜고 시계를 보니 벌써 두 시간이나 지나 있었다. 그러고 보니 잠들기 전까지만 해도 온몸을 짓누르던 나른함과 열기가 싹 사라진 기분이었다.

몸 상태를 확인하려 가볍게 팔다리를 움직여보는데, 그 소리에 부엌에 있던 히요리가 고개를 돌리며 말을 걸었다.

"아, 유스케, 일어났구나. 잘 잤어? 몸은 좀 어때?"

"훨씬 좋아졌어. 열도 다 내린 것 같아."

"정말?! 어디 보자~."

히요리는 내 앞머리를 쓸어올리더니, 갑자기 얼굴을 쑥 들이밀며 이마를 딱 맞대왔다. 너무 순식간이라 할 말을 잃고 굳어버린 나와 달리, 체온을 확인한 그녀는 환하게 웃으며 고개를 크게 끄덕였다.

"응! 확실히 열이 내렸네! 역시 밥 든든히 먹은 보람이 있나 봐. 다행이다, 이제야 안심이 되네!"

"그, 그렇게 갑자기 들이대지 마……! 너무 놀라서 심장이 멎는 줄 알았잖아……!"

"아하하하! 내가 키스라도 하는 줄 알았어? 유스케는 정말 순진해서 귀엽다니까!"

열 때문이 아니라 부끄러움 때문에 얼굴을 붉힌 나를 보며, 히요리가 즐거운 듯 깔깔 웃었다. 참 여러 의미로 사람을 들었다 놨다 한다니까.

나는 헛기침을 하며 나를 깨운 고소한 냄새의 정체를 물었다.

"근데 아까부터 좋은 냄새가 나는데, 뭐 만들고 있어?"

"응, 저녁으로 먹을 우동 국물을 우리고 있었어. 아까 죽을 먹긴 했지만, 아침을 굶었으면 금방 배고파질 테니까!"

히요리는 이제 면만 넣고 삶으면 된다고 덧붙이며 쑥스러운 듯 배시시 웃었다.

은은하게 감도는 상큼한 유자 향기에서 나를 세심하게 신경 써준 그녀만의 배려가 느껴졌다.

문득 주변을 보니 죽을 먹을 때 썼던 식기들과 갈아입은 옷이 말끔히 정리되어 있었다.

내가 자는 동안에 전부 치웠구나…….

분주히 움직였을 히요리에게 진심으로 고맙다는 인사를 건넸다.

“정말 고마워, 히요리. 병문안만으로도 충분한데, 밥도 해주고 옷 갈아입는 것까지 도와줘서 정말 큰 힘이 됐어.”

“천만에. 아까 말했잖아? 오늘은 내게 기회를 달라고. 나야말로 유스케가 기대줘서 엄청 좋았어.”

히요리는 빈말이 아니라 정말 진심이라는 듯 부드러운 미소를 지으며 대답했다. 그녀의 진심 어린 눈빛에 왠지 쑥스러워져 볼을 붉적이자, 히요리가 덧붙여 말했다.

“그러니까 앞으로도 사양 말고 나한테 기대. 감기에 걸렸을 때나 특별한 일이 없어도 언제든지 의지해 줘. 유스케도 항상 나한테 그렇게 해주고 있잖아, 그렇지?”

조금 부끄러운지 에헤헤, 하고 웃어 보이는 히요리.

그런 그녀를 보며 나도 살며시 미소 지으며 대답했다.

“……응, 그럴게. 뭐, 사소한 것까지 전부 기대지는 않겠지만.”

내 대답이 마음에 들었는지 히요리는 만족스럽게 고개를 끄덕였다.

“어쨌든 유스케가 기운을 차려서 정말 다행이야! 내일은 학교 올 수 있겠어?”

“응, 괜찮을 것 같아. 열도 내렸고 기침도 안 나오니까.”

난 컨디션을 확인하고 그렇게 대답했다.

내 말에 안심한 듯 고개를 끄덕인 히요리가 가져온 종이 봉투를 가리켰다.

"참, 빌려줬던 겉옷도 가져왔어. 덕분에 살았어, 빌려주셔서 정말 감사합니다!"

"아뇨, 저야말로 간병해 주셔서 감사합니다. 히요리 씨 덕분에 살았습니다"

장난스레 존댓말로 인사를 나눈 우리는 서로 마주 보며 동시에 웃음을 터뜨렸다.

유쾌함과 즐거움, 그리고 가슴 한구석에 아련하게 번지는 행복을 만끽하고 있을 때, 시계를 확인한 히요리가 입을 열었다.

"그럼 난 이만 가볼게. 오늘은 부모님이 집에 일찍 오시는 날이라, 어두워지기 전엔 들어가야 하거든."

"응, 조심해서 가. 정말 고마웠어."

몸이 한결 가벼워진 나는 현관까지 따라 나가 히요리를 배웅했다. 신발을 신고 잊은 물건이 없는지 살피던 히요리가, 뒤를 돌아보며 어느 때보다 밝고 다정한 미소를 지어 보였다.

"그럼 몸조리 잘해! 좀 나았다고 무리하지 말고 오늘은 무조건 푹 쉬고! 알았지?"

"응, 알았어. 오늘 정말 여러모로 고마웠어. 조심히 가."

벌써 몇 번이나 되풀이한 말인지 모르겠지만, 이 마음만큼은 몇 번을 말해도 모자랐다. 떠나는 히요리의 뒷모습에 다시 한번 진심을 담아 손을 흔들며 그녀를 배웅했다.

그날 밤, 닭고기와 파를 듬뿍 넣어 끓인 유자 향 우동은 정말 맛있었다. 내 지독했던 감기가 단 하루 만에 완치된 건, 틀림없이 히요리의 정성 어린 간병 덕분일 것이다.

우동 국물에 녹아 있는 히요리의 다정함과 세심한 배려를 마음껏 음미하며, 내일 학교에서 만나면 다시 감사를 전하기로 마음먹었다.

●

"야, 코우마. 그 라멘집, 이쪽 방향 맞아?"

"맞아. 여기서 조금만 더 가면 돼."

"크으, 기대된다! 연습 끝나고 먹는 라멘이라니!"

이날, 나는 농구부 녀석들과 함께 학교 근처에서 맛있기로 소문난 라멘집으로 향했다. 여기서만 하는 얘기지만, 사실 난 어제도 이 길을 걸었다.

어제 갑작스러운 비로 로드워크가 취소되는 바람에 기분 전환이라도 할 겸 라멘집을 찾았는데, 거기서 하필 히요리와 오가미가 아주 즐겁게 웃고 있는 꼴을 발견했다.

추운 날 먹는 따뜻한 라멘 생각에 들떴던 기분은 순식간에 잡쳐버렸고, 식욕이 싹 달아난 나는, 들키지 않게 몰래 두 사람의 우산을 훔쳐 가게에서 멀리 떨어진 곳에 처박았다.

잠시 후, 차츰 빗줄기가 굵어지기 시작했다. 이 빗속을 우산도 없이 쫄딱 젖어서 돌아갈 두 사람을 상상하니 절로 입꼬리가 올라갔다.

그리고 오늘 아니나 다를까, 오가미 녀석은 그 일로 몸겨누웠는지 오늘 학교에 나오지 않았다. 아침에 녀석이 결석했다는 소식을 듣자마자 나도 모르게 주먹을 불끈 쥐며 환호했다.

꼴좋다, 오가미 자식. 감히 내 히요리에게 치근덕거린 대가다. 그런 불순한 짓을 하니 천벌을 받는 거라고. 이제 녀석도 제 분수를 좀 알았겠지.

불행해진 오가미의 모습을 상상하며 어제와 같은 길을 걸은 나는, 농구부 부원들과 함께 가게 안으로 발을 들였다.

"뭐 먹을래?"

"톤코츠 쇼유 곱빼기지! 아, 토핑 양도 생각해야 하려나?"

식권 자판기 앞에서 떠들썩한 친구들을 뒤로하고 가게 안을 쓱 훑었다. 비가 오던 어제와 달리 오늘은 손님들로 북적였다. 라멘을 먹던 사람들은 우리가 시끄러웠는지 눈살을 찌푸리며 쳐다봤다.

가게에서 좀 떠들 수도 있지, 속 좁은 녀석들 같으니.

그들을 한심하게 여기며 진절머리를 내던 그때, 주방의 라멘집 주인이 험악한 표정으로 이쪽을 노려보고 있다는 걸 알아차렸다.

우락부락한 인상의 주인이 눈을 가늘게 뜨고 나를 쏘아보자 나도 모르게 움찔하며 몸을 떨었다. 곧이어 주인의 묵직한 목소리가 가게 안에 울려 퍼졌다.

"이봐, 거기 너."

"네? 저, 저요……?"

"그래. 너 말이야, 너."

시끄럽게 군 건 친구들인데 왜 나만 지목하는 걸까? 의구심이 드는 찰나, 주인이 믿기 힘든 폭언을 내뱉었다.

"넌 출입금지다. 당장 나가."

"뭐, 뭐라고요?! 출입금지라니, 갑자기 왜요?!"

황당한 선고에 나도 모르게 목소리가 커졌다. 다 같이 시끄러웠는데 왜 나만 이런 대접을 받아야 하는지 억울함이 밀려와 언성을 높였다. 하지만 주인은 더 무서운 표정으로 일갈했다.

"왜냐고? 시치미 떼지 마! 네놈, 어제 우리 가게 손님의 우산 훔쳐 갔잖아!!"

"……!"

어제 한 짓을 정확히 짚어내자 충격으로 머릿속이 하얘

졌다. 대체 어떻게 알았는지 몰라 당황하는 나를 비웃듯, 주인이 턱 끝으로 비스듬히 위쪽을 가리켰다.

"작은 가게라고 우습게 보지 마라. 방범 카메라쯤은 달려 있으니까. 네가 우산을 들고 튀는 모습이 아주 똑똑히 찍혔다."

"카메라라니⋯⋯?!"

"밖에서는 안 보이게 숨겨놨거든. 증거도 확보했겠다, 범인이 다시 오기만을 기다리고 있었다. 고맙게도 교복 덕분에 근처 고등학생인 건 진작 알았지."

예상치 못한 상황에 아연실색한 나를 향해, 라멘집 주인은 짓누르는 듯한 위압감을 뿜어내며 말을 내뱉었다.

"우산을 두 개나 훔쳤다는 건 자기가 쓰려고 한 게 아니겠지. 이유는 모르겠다만 그 커플을 괴롭히려고 작정했냐? 어찌 됐든 넌 우리 손님한테 민폐를 끼쳤어. 그런 놈한테 팔 라멘 따윈 없으니 당장 나가!"

"야, 이게 무슨 소리야? 코우마, 진짜야?"

"아무리 그래도 커플 괴롭히겠다고 우산을 훔치는 건 아니지! 그건 그냥 범죄잖아!"

호통치는 주인장의 말에 동조하듯 농구부 녀석들까지 나를 비난하기 시작했다. 가게 안의 다른 손님들도 싸늘한 눈빛으로 쳐다봤다.

순식간에 사방이 적으로 변한 분위기 속에서 쏟아지는

비난을 견디기가 힘들었던 나는, 결국 반쯤 자포자기한 심정으로 소리를 버럭 질렀다.

"젠장! 이딴 가게, 두 번 다시 오나 봐라!"

그렇게 허세를 부리며 발길을 돌리려는데 주인이 내 앞을 막아섰다.

"어이, 잠깐. 돈은 내놓고 가야지."

"뭐라고요?! 먹지도 않았는데 무슨 돈을 내라는——!"

"네가 훔친 우산값 말이야! 그 커플이 다음에 오면 돌려줄 거니까. 남의 물건을 훔쳤으면 변상하는 게 당연하잖아!"

"크으윽……!"

주인의 서슬 퍼런 위압감과 친구들의 차가운 시선에 눌린 나는, 결국 1,000엔짜리 지폐 한 장을 테이블에 내동댕이치고는 밖으로 전력 질주했다.

뒤에서 주인이 뭐라고 고함치는 소리가 들린 것 같았지만 돌아볼 용기 따윈 눈곱만큼도 없었다. 나는 굴욕감에 이를 악물고 그저 앞만 보고 달렸다.

(젠장! 젠장! 젠장!)

설마 그 우산 훔친 게 들킬 줄이야. 감시 카메라로 몰래 찍다니, 비겁하잖아! 고작 장난 좀 친 거 가지고 주인장은 왜 그렇게 일을 크게 만드는 건데……!

덕분에 농구부 녀석들 사이에서 내 평판은 바닥을 쳤다.

분하고, 배고프고, 창피하고, 화가 치밀었다. 하지만 이 감정을 쏟아낼 상대도, 해소할 방법도 없었다. 온갖 부정적인 감정에 휩싸인 채, 나는 굴욕 때문에 터져 나오려는 눈물을 꾹 참으며 달리고 또 달렸다.

오가미에게 복수하려다 오히려 내가 이 꼴이 되다니, 정말 최악이다.

농구부 녀석들의 입을 막지 않으면 학교생활도 끝장이다. 불안에 떨며 집으로 돌아간 나는 친구들에게 빌고 빌어서 겨우 이번 일을 비밀로 해주겠다는 약속을 받아냈다.

……하지만 우산값이 1,000엔으로는 턱없이 부족했다며, 친구들이 모자란 돈을 대신 메워줬다는 사실을 알게 되었다. 그 녀석들은 나에게 다시 불같이 화를 냈고, 나는 그렇게 친구들의 신뢰마저 완전히 잃어버리고 말았다.

제7장 히요리와 갑작스러운 외박

"불판, 좋았쓰! 음료수, 좋았쓰! 고기, 좋았쓰!!"

"우효~! 기분이 완전 붕붕 들뜨는걸~!"

"나 참…… 그런 소리 할 시간에 손이나 움직여."

공사 현장 고양이 캐릭터 같은 포즈를 취하거나, 얼굴에 타이어가 달린 히어로 같은 대사를 외치는 동생들을 타박하며 달궈진 불판에 기름을 둘렀다. 고기 구울 준비를 마치고 슬쩍 주방 쪽을 보니, 그곳엔 두 사람이 나란히 서 있었다.

"야채는 이 정도 크기로 썰면 될까요?"

"완벽해! 준비 도와줘서 정말 고마워!"

"얻어먹는 처지에 이 정도는 당연하죠! 사양 말고 뭐든 시켜만 주세요!"

"히요리는 정말 착하구나~! 이참에 그냥 우리 집 딸 하자! 항상 딸 한 명 정도는 있었으면 했거든~!"

주방에서 어머니와 히요리가 나란히 채소를 손질하며 즐겁게 수다를 떨고 있었다. 히요리에게 푹 빠진 어머니의 모습에 안심하고 있자니, 양옆에서 동생들이 슥 다가왔다.

"어이, 형. 아무래도 우리 어머님께서 나나세 누나 같은 며느리를 원하는 것 같은데?"

"효도 좀 해봐. 지금까지 고생시킨 만큼 보답해야지!"

"둘 다 조용히 해라. 한꺼번에 불판에 얼굴 지지기 전에."

양옆에서 어깨를 툭툭 치며 놀려대는 녀석들에게 조용히 으름장을 놓았다. 와아아, 소리를 지르며 도망가는 동생들을 보며 한숨을 내쉬었다. 다들 평소보다 묘하게 들뜬 모양이다.

오늘은 금요일. 전부터 계획했던 히요리 초대 고기 파티 날이다. 내일이 휴일이니 밤늦게까지 떠들썩하게 놀아도 괜찮겠지, 하는 단순한 생각으로 잡은 날짜였지만, 결과적으로는 아주 탁월한 선택이었던 것 같다.

걱정되는 건 급성장한 폭탄 저기압이 접근 중이라는 뉴스였지만, 다행히 이 지역은 비바람이 심하지 않다고 해서 너무 마음 쓰지 않기로 했다.

(정말이지, 다들 너무 신났네…….)

히요리에게 홀딱 반한 어머니도, 옆에서 정체불명의 춤을 추는 동생들도, 손님을 초대해 파티한다는 사실에 잔뜩 들떠 보였다. 사실 나 역시 차분하지 못한 건 매한가지라 남 말할 처지는 아니었지만.

"거기 바보들! 이상한 춤 추지 말고 빨리 앉아!"

잠시 후, 야채와 해산물을 담은 접시를 든 어머니와 히요리가 거실로 나왔다. 불판도 알맞게 달궈져 준비는 완벽했다. 히요리와 어머니가 각자의 자리에 앉았다.

"유스케, 동생들이랑 되게 재밌어 보이던데 무슨 얘기 했어?"

옆자리에 앉은 히요리가 묻자, 나는 당황하며 적당히 말을 돌렸다.

"아, 아냐. 별거 아냐. 그냥 애들이 장난친 거야."

집게를 들고 고기와 야채를 불판 위에 올리자, 순식간에 식욕을 돋우는 고소한 냄새가 거실 가득 퍼졌다.

"우오오! 고기다, 고기! 오늘 배 터지게 먹자!"

"빨리 구워줘!!"

"이 녀석들! 히요리 앞인데 좀 얌전히 못 있어?!"

젓가락을 들고 고기만 뚫어지게 쳐다보는 동생들과 녀석들을 꾸짖는 어머니. 히요리에게 미안한 마음에 쓴웃음을 지으며 사과했다.

"아하하…… 미안해. 우리 가족이 좀 정신없지?"

"아냐, 정말 재밌어! 북적북적해서 보기 좋은걸!"

히요리는 진심으로 즐거운 듯 환하게 웃어주었다.

"자, 고기만 보지 말고 소스 세팅해 둬. 야채도 골고루 먹고!"

"알았어! 내가 애야? 그 정도는 안다고!"

"야, 마사토. 너 그러다가 누나 몫까지 다 먹어버리면 형이랑 엄마한테 진짜 혼난다. 조심해라?"

"그러게. 넌 식탐도 많은 데다 금방 까부니까 걱정이야."

“그건 엄마도 마찬가지지! 술 너무 마시고 이상한 소리 하지 마! 갑자기 나나세 누나를 성희롱하기라도 하면 대참사라고.”

“응, 그래. 다들 최소한의 상식은 있는 것 같아서 장남으로서 마음이 놓인다.”

대화 속에 히요리의 이름이 섞여 있을 뿐, 우리는 평소와 다름없이 떠들썩하게 수다를 떨었다.

“후후……! 아하하하!!”

그런 우리 가족을 보며 히요리가 결국 자지러지게 웃음을 터뜨렸다. 그사이 나는 다 익은 고기와 야채를 각자의 접시에 나눠주었다.

“첫판은 공평하게 나눈다. 그다음부터는 각자 알아서 챙겨 먹어.”

“엄마 말대로 오늘은 손님 계시니까 너무 욕심부리지 말고!”

히요리 한 사람이 늘었을 뿐인데, 평소보다 훨씬 활기찬 식탁이었다.

“““““잘 먹겠습니다!!”””””

힘찬 인사와 함께 기분 좋은 식사가 시작되었다.

두툼하게 썬 갈비를 한입 가득 넣은 타이가는 만족스러운 미소를 지었고, 마사토 역시 오랜만에 마주한 고기를 온몸으로 만끽하는 듯했다.

“이야~! 역시 고기는 소고기지! 어이, 형! 다음 고기도 빨리 구워!”

“네, 네. 알겠습니다.”

먹는 속도가 무시무시한 동생들을 위해 비워진 불판 위로 고기를 부지런히 올렸다. 갈비와 우설, 안창살에 싱싱한 야채와 해산물까지 곁들이자 거실에 다시금 맛있는 냄새가 진동했다.

고기들의 상태를 살피며 적당히 소금을 뿌리고 뒤집는 사이, 동생들은 첫 접시를 순식간에 해치우고는 다시 불판 위로 젓가락을 뻗었다.

“우오오! 우설은 절대 양보 못 해!”

“앗, 그건 내가 찜한 건데!”

“야, 너희…… 고기는 산더미처럼 쌓여 있으니까 유치하게 싸우지 좀 마. 히요리 먹을 것도 남겨두고!”

식욕 왕성한 녀석들을 위해 다시 고기를 올리며 아까와 같은 과정을 반복하려던 찰나, 문득 나를 가만히 바라보는 히요리의 시선이 느껴졌다.

“아, 저 바보들은 신경 쓰지 말고 히요리도 어서 많이 먹어.”

“그럴 순 없지. 내가 구울 테니까 유스케도 어서 먹어.”

“아냐 아냐, 손님한테 어떻게 집게를 맡겨. 정말 괜찮으니까 어서 먹어둬.”

"아니, 안 괜찮아. 자, 집게랑 젓가락 이리 줘!"

히요리는 내 손에서 집게를 홱 뺏어가더니 능숙하게 불판 위에 재료들을 올리기 시작했다. 자신들을 위해 정성껏 고기를 구워주는 히요리의 모습에 미안함을 느꼈는지, 날뛰던 동생들도 슬그머니 소란을 멈췄다.

"자! 멍하니 보고만 있지 말고 어서 먹어! 고기 식으면 맛없단 말이야."

히요리의 재촉에 나는 내 몫으로 챙겨둔 고기와 채소를 먹기 시작했다.

"으, 응. 고마워……."

치이이익── 고기 익는 소리가 울려 퍼지는 거실에서, 드물게 굽기 담당이 아닌 '먹기 담당'이 된 나는 왠지 모를 어색함에 서둘러 젓가락을 움직였다. 내가 첫 접시를 다 비울 때쯤, 기다렸다는 갓 구운 고기들이 배달되었다.

"자, 추가요! 유스케는 덩치가 크니까 많이 먹어!"

"아니, 진짜 미안해서 그래! 이제 내가 구울 테니까 히요리도 어서 먹어!"

"자, 자, 거기까지! 어른인 내가 구울 테니 너희는 사양 말고 먹으렴."

더 이상 손님인 히요리에게 귀찮은 역할을 맡길 수는 없다.

손님인 히요리에게 계속 수고를 끼칠 수는 없다는 생각

에 내가 다시 집게를 뺏으려던 찰나, 어머니가 몸소 굽기 담당을 자처하며 나섰다. 나는 히요리의 빈 접시 위에 고기를 수북이 덜어주며 다시 즐거운 식사를 이어갔다.

"고맙구나, 히요리. 우리 유스케를 이렇게 신경 써줘서."

"별말씀을요! 전 이런 역할 좋아해요."

"아니, 그래도 오늘은 손님이니까, 히요리도 사양 말고 편히 먹어."

"어떻게 그래. 유스케가 먹을 새도 없이 고기를 계속 굽는 걸 보면 가만히 있을 수 없지!"

"난 보통 동생들 다 먹고 나면 엄마랑 천천히 먹어. 그러니까 정말 신경 안 써도 돼."

"애, 유스케. 모처럼 마음 써준 히요리한테 말이 그게 뭐니? 이럴 땐 그냥 고맙다고 하면 되는 거야."

우리 집의 암묵적인 규칙을 설명하려다 어머니께 핀잔을 듣고 말았다. 확실히 맞는 말씀이라 찌뿌둥한 표정으로 입을 다물었다. 나를 챙겨주려던 히요리에게 무안을 준 건 아닌가 싶었지만, 다행히 그녀는 대수롭지 않게 넘겨주었다.

"아~ 그렇구나. 그런 분위기였구나. 괜히 내가 나서서 다들 신경 쓰게 만든 건가?"

"아, 아냐! 절대 아냐! 도와줘서 정말 고맙고 기뻤어!"

"저희가 바보같이 허겁지겁 먹어서 그런 거예요! 누나는 조금도 잘못 없어요!"

혹시나 폐를 끼쳤을까 봐 걱정하는 히요리를 달래려고 나와 마사토가 필사적으로 나섰다. 우리가 당황해하며 손사래를 치고 있을 때, 막내 타이가가 풋, 하고 웃음을 터뜨리며 입을 열었다.

"푸핫! 이거 꼭 그거 같네. 이제 막 동거를 시작한 형수님한테 우리 집 가풍 가르치고 있는 것 같은 분위기!"

"혀, 형수라니, 너……?!"

"후훗! 듣고 보니 그러네! 어머님, 시집온 지 얼마 안 돼서 아무것도 모르는 부족한 며느리지만 잘 부탁드립니다…… 뭐 이런 느낌?"

"어머, 난 대찬성이지! 히요리, 혹시 유스케가 괴롭히면 바로 나한테 말하렴. 아주 혼쭐을 내줄 테니까!"

"히요리도 엄마도 진짜 왜 이래!"

타이가의 한마디로 시작된 뜬금없는 상황극에 나는 얼굴을 붉히며 소리쳤다. '형수'라는 단어에 과하게 반응하는 내 꼴이 스스로도 우스웠다. 그때, 평소 가벼운 장난만 치던 마사토가 드물게 진지한 목소리로 말을 건넸다.

"……뭐, 괜찮잖아? 가끔은 이런 농담도 즐겨."

"마사토, 너——!"

"형도 그 정도 누릴 자격 있잖아. 우리 때문에 좋아하는 농구도 그만두고, 집안일에 알바까지 하면서 고생만 했잖아. 맨날 형 노릇만 하지 말고 가끔은 고등학생답게 지난번처럼 방과 후 데이트도 즐기면서 청춘답게 좀 살아보라고."

"마사토……."

장난기 넘치던 동생의 입에서 나온 진심에 할 말을 잃었다. 마사토도 쑥스러운지 고개를 휙 돌려버렸고, 이번엔 타이가가 말을 이었다.

"……맞아. 이제는 형이 혼자 다 짊어질 필요 없어. 적어도 나나세 누나랑 있을 때만큼은 '장남'을 내려놓아도 되잖아?"

오글거릴 정도로 간지러운 말들이었지만, 동생들이 날 얼마나 생각하는지 느껴졌다.

드물게…… 정묘하게 숙연해진 분위기 속에서, 마지막으로 어머니가 히요리에게 나직하게 말씀하셨다.

"갑자기 분위기가 이상해졌네……. 히요리, 우리 유스케 잘 부탁한다. 어수룩하고 둔한 구석이 있어도 정말 착한 아이란다. 우리 아들을 부디 잘 이해해주렴."

"……네, 걱정 마세요. 유스케가 얼마나 다정하고 멋진 사람인지 저도 잘 알고 있으니까요."

……뭐지, 이 분위기는? 나만 빼고 자기들끼리 결론을 내버린 것 같은데? 왜 다들 히요리에게 나를 맡긴다는 식으로 말하는 거지?

훈훈하다 못해 뜨거운 가족들의 시선에 쑥스러움이 한 계치에 도달해 입을 꾹 다물고 있을 때였다. 갑자기 창밖에서 '덜컹덜컹!' 하고 거센소리가 들려와 우리 모두 그쪽으로 고개를 돌렸다.

"설마 방금 그거 창문에서 난 소리야? 바람이 얼마나 불길래……?"

"이상하네. 일기 예보에선 비바람이 그렇게 강하지 않을 거라고 했는데?"

가족의 수다 소리에 묻혀 미처 몰랐지만, 창문은 이미 부서질 듯 덜컹거리고 있었다. 세차게 쏟아지는 빗줄기도 상상 이상으로 격렬한 소리를 냈다. '가벼운 비'를 예상했던 우리는 예보와 딴판인 밖의 풍경에 위화감을 느꼈다.

"어? 형, 지금 호우 경보라는데? 곧 폭풍 경보도 나올 거 같대."

"뭐? 이렇게 갑자기?"

"음, 폭탄 저기압 세력이 예상보다 훨씬 강해졌대. 내일 아침이면 지나가겠지만, 오늘 밤은 비바람이 엄청날 거라는데?"

스마트폰으로 기상 정보를 확인하던 타이가의 말대로, 밖의 소음은 점점 더 거세졌다. 이대로라면 30분도 안 돼서 발이 묶일 판이었다. 우리는 황급히 대책을 세우기 시작했다.

"어떡하지? 이대로라면 나나세 누나 집에 못 가는 거 아냐?"

"우리 집엔 차도 없는데 집까지 데려다주기도 어렵잖아."

"택시를 부르거나, 아니면 히요리 누나네 부모님이 데리러 와주시면……."

"히요리, 부모님은 오늘 집에 계셔?"

내 질문에 히요리는 곤란한 표정으로 고개를 저었다.

"……아니, 안 계셔. 아마 회사에서 묵으셔야 할 거야. 일단 연락해 볼게."

히요리는 곧장 부모님께 전화를 걸었다.

"아, 여보세요 엄마? 사실 지금 여자애 친구네 집에 있는데……."

전화를 받는 어머니에겐 친구 이름을 대며 둘러대는 모양이었다. 이 시간까지 남자인 내 집에 있다고 말할 순 없겠지. 나는 부디 부모님이 데리러 오실 수 있기를 간절히 바랐지만, 통화를 마친 히요리는 이쪽을 보더니 힘없이 고개를 저었다.

"죄송해요. 저희 부모님도 데리러 오시긴 힘들 것 같아요."

"그렇구나……. 역시 이 빗속에 운전하는 건 위험하겠지."

남은 방법은 택시뿐이었지만, 이런 악천후에 택시가 잡힐 리 만무했다. 다른 방법이 없을지 고민하던 그때, 히요리가 진지한 표정으로 입을 열었다.

"저기…… 죄송해요. 갑작스러운 부탁이라 곤란하시겠
지만…… 정말, 만약 괜찮으시다면——."

히요리가 쭈뼛거리며 우리를 조심스레 올려다봤다. 잠시
숨을 고르던 그녀가 조그맣게, 하지만 분명하게 부탁했다.

"——오늘 밤, 여기서 자고 가도 될까요?

(왜 이렇게 된 거지……?)

고기 파티가 시작되고 불과 몇 시간 만에 바깥세상은 상
상을 초월할 만큼 험악해졌다. 인근 지역엔 호우 경보와
폭풍 경보가 내려졌고, 창밖은 거센 비바람 탓에 사람도
차도 흔적조차 찾을 수 없는 지경이었다.

그런 상황이니만큼…… 결국 히요리는 우리 집에서 자
고 가기로 했다. 밑져야 본전이라는 생각으로 택시 회사에
전화해 보았지만, 배차가 없다는 절망적인 답변만 돌아왔
다. 일단 부모님께 허락은 받았다지만, 나 역시 갑작스럽
게 결정된 히요리의 외박을 받아들이느라 마음이 몹시 소
란스러웠다.

그리고 지금, 나는 수건과 갈아입을 티셔츠, 반바지를
들고 탈의실에 서 있었다. 얇은 문 하나를 사이에 두고 욕
실 안에서는 샤워 소리가 들려왔다. 문 너머로 움직이는
그림자를 보자 급격히 긴장감이 밀려와 나도 모르게 떨리
는 목소리로 입을 열었다.

“저기, 히요리! 가, 갈아입을 옷이랑 수건 여기 둘게!”

“아! 고마워! 미안해, 괜히 번거롭게 해서.”

“어, 어쩔 수 없지, 상황이 이런데. 근데 이 옷, 내가 중학교 때 입던 거라 사이즈가 좀 안 맞을지도 몰라…….”

“그 정도는 괜찮아! 외출복 그대로 입고 자는 것보다 훨씬 나은걸. 진짜 고마워!”

샤워 소리가 잦아든 욕실 안에서 히요리의 목소리가 맑게 울렸다. 이 얇은 문 너머에 아무것도 걸치지 않은 히요리가 있다는 사실을 자각하자 도무지 진정되지 않았다. 전개가 너무 빨라 사고 회로가 멈춰버린 느낌이었다.

그렇게 가져온 옷을 선반에 놓으려던 나는, 바닥에 떨어진 물건을 보고 나도 모르게 뒷걸음질을 쳤다.

“우, 우왓?!”

“앗? 무슨 일이야, 유스케!”

“아! 어, 그, 미, 미안! 정말 미안해!!”

뒤로 물러나다 벽에 크게 부딪히는 소리가 나자 히요리가 걱정스럽게 물어왔다. 나는 반사적으로 사과를 내뱉었는데, 이 사과에는 놀라게 한 것 말고도 또 다른 의미가 담겨 있었다.

옷을 놓으려던 바닥에 아무렇게나 놓여 있던 물건. 그건 조금 전까지 히요리가 입고 있었을 속옷이었다.

연한 오렌지색에 화사한 레이스가 달린 귀여운 디자인.

그것을 본 순간 내 몸은 그대로 굳어버렸다. 의도치 않은 사고였음에도 죄책감이 파도처럼 밀려왔다. 문 너머에서 내 이상 기류를 감지한 히요리가 다시 말을 걸었다.

"유스케, 왜 그래? 뭔가 낌새가 이상한데……?"

"……미안. 옷 놓으려다가 그만, 네 속옷을 봐버렸어."

죄책감을 이기지 못한 나는 솔직하게 '죄'를 고백했다. 당연히 화를 낼 거라 생각하며 몸을 움츠렸지만, 예상과 달리 히요리는 명랑하게 웃음을 터뜨렸다.

"아하하하! 뭐야, 그런 거였어? 난 괜찮으니까 신경 쓰지 마!"

"시, 신경 안 쓰다니, 그게 말이 돼?! 그보다 넌 어떻게 된 애가 이렇게 대담하냐!"

히요리의 호탕한 웃음에 나는 결국 참지 못하고 쏘아붙였다. 물론 혼나거나 미움받는 것보다야 백번 낫지만, 이렇게 가볍게 용서받으니 오히려 걱정이 앞섰다. 그런 내 마음을 아는지 모르는지, 문 너머에서 히요리의 목소리가 낮게 들려왔다.

"진짜 괜찮아. 사실…… 유스케가 보라고 일부러 둔 거니까."

"어……?!"

히요리의 그 한마디에 심장이 덜컥 내려앉았다. 보여주려고 일부러 뒀다니? 그게 대체 무슨 의미지? 나를 놀리려고 작정한 장난이라기엔 너무 과하고, 만약 그게 아니라면……? 머릿속이 복잡해질 찰나, 조용하던 욕실 안에서 히요리의 웃음소리가 다시 터져 나왔다.

"풉! 아하하하! 거짓말이야, 거짓말! 농담이라니까! 마리에 아주머니가 세탁망에 넣어서 따로 챙겨두라고 하셨는데, 깜빡하고 그냥 둔 거야. 진짜 유스케는 놀리는 맛이 있다니까~!"

"노, 농담이라니…… 너, 진짜……!!"

역시 놀림 받았을 뿐이었다. 한 번에 힘이 빠져버린 나는 큰 한숨을 쉬었다.

히요리는 멈추지 않고 계속 나를 놀렸다.

"이야~! 내 실수 때문에 놀라게 해서 미안해! 그래도 좋았지?"

"하나도 안 좋아! 놀라기만 했다고!"

"아하하, 유스케답네~! 이런 로리 거유 여자애의 속옷이 앞에 있으면 넋 놓고 보게 되지 않아?"

솔직히 부정하기 어렵지만, 실제로 경험한 내 대답은 'NO'다.

알면서 빤히 보기에는 민망하기도 하고 미안하기도 한 탓이다.

"어떻게 그래. 내 성격 알잖아?"

"응, 잘 알지! 난 그런 유스케가 좋더라!"

즐겁게 웃으면서 던진 히요리의 말에 단순한 내 심장은 다시 크게 뛰었다.

여기 더 있다가는 실컷 놀림당하다가 어머니에게 꾸중을 들을 것 같아서 얼른 가져온 옷을 내려놓고 히요리에게 말했다.

"아무튼! 옷이랑 수건, 여기에 둘 테니까 천천히 씻어!"

"후훗! 고마워! 푹 담그고 나갈게!"

히요리의 목소리를 뒤로한 채, 나는 얼굴을 새빨갛게 물들인 채 도망치듯 탈의실을 빠져나왔다.

"유스케! 이것 봐, 장난 아니지?!"

"……!!"

갈아입을 옷을 갖다주고 내 방에서 마음을 진정시키기를 잠시, 갑자기 방에 뛰어든 히요리의 모습에 나는 경악했다.

싱글벙글 웃는 그녀는, 내가 준 티셔츠 딱 한 장만 걸친 너무나도 무방비한 차림이었다.

사이즈가 다른 탓에 헐렁한 옷깃으로 가슴골이 살짝 보였고, 하얀 무지 티셔츠는 남다른 볼륨감에 밀려 아슬아슬하게 들떠 있었다.

148cm의 아담한 몸을 셔츠 하나로 허벅지까지 가린 히요리는 말을 잃은 나를 보며 히죽히죽 웃었다.

"어때?! 로리 거유 미소녀의 '남자 셔츠' & '알몸 셔츠' & '가슴 커튼'을 본 감상은?! 페티시 한가득이라 에로하지?!

히요리는 팔을 활짝 벌리거나 의기양양하게 가슴을 펴 보이며 자극적인 포즈를 과시했다.

그 광경에 말을 잃고 굳어있던 나는 그녀의 오른손에 들린 걸 보고 목소리를 떨며 질문했다.

"저, 저기, 히요리? 오른손에 들고 있는 건 뭐야……?"

"아, 이거? 아까 같이 준 반바지!"

히요리는 웃는 얼굴로 반바지를 펼쳐 보였다.

저걸 들고 있다는 건, 다시 말해 지금 그녀의 하의는 아무것도——?

거기까지 생각이 미치자 아찔해진 나는 얼굴이 새빨갛게 달아올랐다.

"왜 안 입었어?! 왜 그 상태로 여기까지 온 거야?!"

"아~ 그게 말이지. 거울 앞에서 알몸에 셔츠를 입은 내 모습을 봤더니 너무 감동적이더라고~! 이건 꼭 유스케한테도 보여줘야겠다고 생각해서 그대로 왔어! 걱정하지 마! 다른 사람들은 아직 모르니까!"

"아, 그러면 다행……이기는 무슨! 그 모습은 여러 의미로 위험하잖아!"

"나도 알아~! 그러니까 지금부터 격하게 움직여보면서 한계를 시험할 거야! 어떻게 움직이면 아래가 보일까……

궁금하지 않아?”

“안 궁금해! 빨리 바지나 입어!”

“하아~ 어쩔 수 없네. 유스케가 정 그렇다면 순순히 따를게.”

“왜 내가 보는 앞에서 입으려 하는 거야! 아니! 뒤돌아선다고 달라지는 게 아니잖아! 그 자세에서 숙이지 마, 보이잖아?!”

“하하하~! 이러면 유스케도 앞으로 숙이게 되려나?!”

“그런 저질 농담은 필요 없어! 부탁이니까 그만 놀리고 바지 입어!”

당장이라도 방에서 도망치고 싶었지만, 불행히도 복도로 나가는 문은 히요리의 뒤편에 있었다.

내 필사적인 간청이 겨우 통했는지 히요리가 평범하게 반바지를 입으려 했고, 나는 황급히 눈을 감고 고개를 돌려버렸다.

“참고로 유스케는 가슴 커튼이랑 가슴 텐트 중에 어떤 게 취향이야?”

“어느 쪽이든 상관없어요…… 평범하게 옷 입어…….”

“응, 알았어~!”

마지막까지 성희롱을 잊지 않은 히요리가 꼼지락꼼지락 움직이는 소리가 들렸다.

묘하게 상상력을 자극하는 소리를 듣지 않으려고 잡념

을 털어내고 있으니, 옷을 다 갈아입은 히요리가 태평하게 입을 열었다.

"으음~ 상의는 헐렁헐렁한데 하의는 그렇지도 않네. 아마 엉덩이가 커서 그런 거겠지?"

"알겠으니까 엉덩이 두드리지 마. 대체 뭘 과시하는 거야······."

"아~ 미안, 유스케. 바지가 너무 커서 흘러내리는 해프닝을 기대했을 텐데, 내 엉덩이가 너무 커서 기대를 배신했네."

"그런 기대한 적 없어! 왜 그렇게 날 변태로 만들고 싶어 하는 건데!"

성희롱을 연발하는 히요리에게 난 담담하게 딴지를 걸었다.

히요리가 바지를 입은 덕에 겨우 진정하고 있으니, 그녀가 두리번거리며 즐겁게 내 방을 관찰하기 시작했다.

"오오~! 여기가 유스케의 방이구나~! 역시, 내 상상대로 깔끔하네."

"별거 없지? 재미없는 방이라 미안하다."

"침대가 없으니 야한 책은 책상에 숨겼으려나? 어디 한 번 볼까!"

"찾지 마! 그런 거 없어! 이상한 조사는 그만둬!"

히요리의 말대로 내 방은 물건이 거의 없어 썰렁한 편

이다. 침대 대신 이불을 펴고 자는 '이불파'인 데다, 웬만한 건 전부 수납장 안에 넣어두었기 때문이다. 스스로 생각해도 참 멋대가리 없는 방이다.

하지만 그런 방 안에서 눈에 띄는 것이 하나 있다. 히요리는 그 앞에 멈춰 서서 가만히 바라보다 내게 물었다.

"이 사람 농구 선수지? NBA 선수야?"

"응, 맞아. 이미 은퇴했지만 내가 제일 좋아하는 선수야."

프로 선수답게 당당한 체격을 가진 남자.

등 번호 21번이 새겨진 검은 유니폼을 입은 그의 포스터를 히요리와 나란히 서서 바라보았다.

"이 사람은 어떤 선수였어?"

"The Big Fundamental…… 그렇게 불렸어. NBA에서 위대한 선수 중 한 명이지."

"빅, 펀……?"

"빅 펀더멘털. **위대한 기본기**, 라는 뜻이야. 화려하진 않지만 기본에 충실하면서 어떤 상황에서도 가장 확실하고 효과적인 플레이를 하는 선수였어. 상대가 아무리 도발해도 흔들리지 않고 냉정하게 제 할 일을 묵묵히 해냈거든. 그런 플레이 스타일로 무적 군단의 중심이 되어 활약했어. 그러면서도 가족을 끔찍이 아끼고 겸손한 성격이라 정말 좋아해."

어릴 때부터 동경해 온 영웅에 대해 이야기하는 내 옆얼굴을, 히요리는 가만히 지켜보고 있었다. 그러다 문득 미소 짓더니 나를 올려다보며 말했다.

"즐거워 보이네. 유스케는 역시 농구를 정말 좋아하는구나."

"뭐, 그렇지. 그만두긴 했어도 싫어하는 건 아니니까."

전에도 말했지만, 나는 여전히 농구가 좋다. 그만둔 것에 대한 후회나 미련은 없지만, 이렇게 동경하는 선수를 떠올릴 때면 코트 위에서 느꼈던 뜨거운 전율이 가슴속에서 다시금 솟구쳐 오른다.

"후후훗……! 유스케에 대해서 또 하나 알게 됐네. 이런 거 왠지 기뻐."

"나도 지난번 데이트 때 너에 대해 이것저것 배웠으니까. 이걸로 비긴 건가?"

동경하는 선수에 대해 열변을 토한 나에게 히요리가 다정하게 말했다. 내가 그녀의 취향을 알게 되었을 때 기뻤던 것처럼, 그녀도 나라는 사람에게 한 걸음 더 다가온 것을 기뻐해 주는 걸까?

그랬으면 좋겠다―― 그런 훈훈한 생각을 하던 찰나, 이야기는 전혀 예상치 못한 방향으로 튀었다.

"그나저나 '빅 펀더멘털'이라……. 어떤 상황에서도 당황하지 않고 냉정하게 제 할 일을 한다 이거지? 음, 아주 딱 좋네!"

"딱 좋다니? 뭐가?"

의미심장한 히요리의 말에 내가 미간을 찌푸리자, 그녀는 나와 대조적으로 활짝 웃으며 아주 밝은 목소리로 대답했다.

"아니~! 동경하는 선수처럼 냉정한 정신을 가진 유스케라면, 내가 무슨 짓을 해도 분명 끄떡없겠다 싶어서!"

"……엄청나게 불길한 예감이 드는데. 대체 무슨 말을 하려고?"

히요리가 싱글싱글 웃었다. 그 미소를 마주하는 내 등줄기로 서늘한 오한이 스쳐 지나갔다. 이건 틀림없다. 녀석은 지금 터무니없는 폭탄을 던지려 하고 있다…….

내 예감은 단 한 치도 틀리지 않았고, 히요리는 들뜬 목소리로 대형 사고를 쳤다.

"나 오늘 밤, 이 방에서 잘 거야! 잘 부탁해, 유스케!!"

(왜 이렇게 된 거지……?)

불과 30분 만에 이 생각을 또 할 줄이야. 마치 코시엔을 결판낸 야구부의 해설 같다고 생각하면서 살짝 옆을 봤다.

그리 넓지 않은 방에 빈틈없이 나란히 깔린 두 채의 이불. 그중 하나에 누운 히요리는 뭐가 그리 즐거운지 연신 대굴대굴 구르고 있었다.

"좋아, 세팅 완료! 이제 언제든지 잘 수 있어!"

히요리는 제 이불과 내 이불 위를 번갈아 가며 구르며 신나게 외쳤다. 해맑다 못해 천진난만한 그 웃음을 보고 있자니 내가 예민한 건가 싶다가도, 역시 이건 아니라는 결론에 도달했다. 혈기 왕성한 남녀가 한 방에서, 그것도 이불을 나란히 붙여놓고 자다니. 아무리 이불을 따로 쓴다지만 이건 지나치게 불건전했다.

물론 나도 처음엔 결사반대했다. 하지만 정신을 차려보니 문밖엔 손님용 이불이 놓여 있었고, 히요리가 날 설득하거나 떼를 쓰는 사이에 이렇게 되었다.

어머니는 왜 반대하지 않으신 걸까. 히요리를 워낙 예뻐하시니 거절 못 하신 건지, 아니면 장남인 나를 전적으로 믿으시는 건지…….

(괜찮아, 참을 수 있어. 난 장남이니까.)

그래, 딴마음 먹지 말자. '빅 펀더멘털'. 평상심을 유지하는 거다. 스스로를 채찍질하며 마음을 다잡는데, 한참을 구르던 히요리가 상체를 슬쩍 일으키며 말을 걸어왔다.

"있잖아, 유스케. 여기 누워봐."

"으엑……?!"

평상심을 결심한 지 고작 몇 초 만에 괴상한 비명이 튀어나왔다. 꼴사나운 내 반응에 히요리는 키득키득 웃음을 터뜨렸고, 나는 오기를 부리듯 내 몫의 이불 위로 털썩 누웠다.

"자, 누웠어. 그래서 왜?"

"에헤헤…… 우리 지금 나란히 누워서 천장을 보고 있네."

"응, 뭐, 그렇지. 그래서?"

부끄러움에 차마 고개를 돌릴 수 없었던 나는 자연스레 천장만 뚫어지게 응시했다. 히요리는 들뜬 목소리로 이야기를 이어갔다.

"평소엔 키 차이가 나니까 천장까지의 거리도 다르잖아? 하지만 지금은 같은 높이에서 보고 있어. 유스케랑 같은 눈높이에서 같은 것을 보고 있구나…… 하고 생각했어."

확실히…… 누운 상태로 위를 올려다보면 눈높이는 같다.

딱히 별 일 아니지만 그 말을 듣고 왠지 멋쩍음을 느낀 나에게 히요리가 뒹굴 굴러서 다가왔다.

"그리고…… 얼굴도 이렇게 가까이 붙일 수 있어. 평소보다 훨씬 가까운 곳에 있네."

"……?!"

귓가에 속삭이듯이 달콤한 목소리를 낸 히요리가 기쁜 듯이 웃었다.

무심코 그쪽을 본 나는 상상 이상으로 가까운 거리에 있는 그녀의 웃는 얼굴을 보고 숨을 죽였다.

"전에 꼬~~옥 했을 때 이후로 처음이네, 이렇게 얼굴이 가까운 건……."

기쁜 감정이 드러나 있는 눈동자. 즐거운 듯이 웃고 있는 입. 어렴풋이 빨갛게 물든 볼.

평소에는 30cm 이상 나는 키 차이 때문에 멀리 있는 히요리의 얼굴이 오늘은 이렇게나 가깝다. 이렇게나 똑똑히 그녀의 감정을 알아차릴 수 있을 정도의 거리에 있다.

전에 안아줬을 때도 그랬지만, 오늘은 그때보다 히요리를 가깝게 느낄 수 있었다.

널찍한 옥상이 아니라 좁은 방 안이라 그런 생각이 드는 걸까? 밀실에 단둘이 있다는 상황이 이런 생각을 하게 만드는 걸까?

그런 생각을 하는 내 볼에 손을 뻗어 조물조물 만지는 히요리의 행동에 얼굴을 붉히면서 그녀에게 말했다.

"스, 슬슬 자자! 시간도 늦었으니까!"

"응…… 그러게. 배부르게 먹고 떠들었더니 잠이 오네."

내 말에 부드럽게 미소 지은 히요리가 고개를 끄덕이면서 말했다.

일단 일어나서 방의 불을 끈 나는 어두워진 방 안에서 갈팡질팡하면서 내 이불로 파고들어 심호흡했다.

(괜찮아, 괜찮아. 평정심, 평정심……!!)

눈을 감고 마음속으로 그렇게 계속 외쳐 자신을 진정시켰다.

이런 상황이라고 해서 이상한 마음을 먹을 생각은 없다. 평범하게 친구로서 지낼 뿐이다.

그렇게, 생각했는데——.

"……저기, 유스케. 불, 꺼졌는데?"

갑자기 옆 이불에서 히요리의 목소리가 들려왔다. 천천히 눈을 뜨자, 어느덧 어둠에 익숙해진 시야 너머로 나를 빤히 바라보는 그녀의 눈동자가 보였다. 숨을 죽인 나를 향해, 히요리는 묘하게 젖어 있는 목소리로 속삭였다.

"나한테…… 손 안 대?"

"어……?!"

나를 똑바로 바라보며 던진 그 한마디에 심장이 요동쳤다. 히요리는 당황한 내 눈을 꿰뚫어 보듯 말을 다그쳤다.

"탈의실에서 내 속옷 봤지? 지금 세탁기 돌리고 있어서…… 나, 이 안에 아무것도 안 입었거든."

"……!!!"

히요리는 그렇게 말하며 이불 한쪽을 살짝 걷어 올렸다. 빈 공간을 손으로 쓸며 이리 오라고 유혹하는 그녀는, 가늘게 뜬 눈으로 폭탄 발언을 이어갔다.

"괜찮아. 유스케라면 만져도, 키스해도…… 그 이상의 짓을 해도 싫지 않아. 유스케만 좋다면, 이리 와."

어둠 속에서도 그녀의 얼굴이 새빨갛게 달아올랐다는 걸 알 수 있었다.

심호흡할 때마다 가슴이 크게 들썩였고, 초조해 보이면서도 몸을 피하지 않는 그녀의 눈빛에는 묘한 기대감이 서려 있었다. 잠시 침묵하며 그녀를 바라보던 나는, 이내 무겁게 입을 열었다.

"그럴 순 없어. 우린 친구잖아. 그런 짓을 할 관계가 아니야."

"……응, 그렇지. 그럼, 있잖아——."

포옹도, '아~'도, 간접 키스도 전부 허용했었다. 하지만 이건 다르다. 이건 명백히 그 선을 넘는 행위다. 우리의 관계는 '친구'다.

단호하게 거절하는 나를 향해, 히요리는 결연함마저 느껴지는 목소리로 물었다.

"——만약 지금 당장 우리가 친구가 아니게 된다면…… 그럼 유스케가 거절할 이유는 사라지는 거야?"

"……?!"

달콤한, 그러면서도 씁쓸한 유혹이었다.

'**친구**'의 관계가 아니면 내 망설임은 사라지는가? 그러면 나는 망설임 없이 히요리의 기대에 부응할 수 있는가? 그 질문에 대한 답은 생각할 필요도 없이 명확했다.

나는 조용히 숨을 들이켰다. 그리고 천천히 내뱉으며 고양된 심장을 억눌렀다. 히요리의 눈동자를 똑바로 응시하며 나는 답했다.

"……그래도 나는 손 안 대."

"……내가 그렇게 매력이 없어? 아니면 유스케 취향이

아닌 거야?”

“그런 게 아니야. 오히려 지금도 마음이 흔들흔들 흔들리고 있고, 긴장을 늦추면 손댈 것만 같아. 하지만 그렇기 때문에 참는 거야.”

분명 히요리는 온 용기를 쥐어짰을 것이다. 그 용기를 무안하게 만드는 것에 대한 죄책감도 컸다. 하지만 내게는 그보다 더 소중히 여겨야 할 가치가 있다.

“소중히 하고 싶어. 히요리를. 우린 아직 친구가 된 지 한 달도 안 지났어. 설령 연인 사이라고 해도 선을 넘기에는 너무 빨라.”

“……내가 그러기를 원한다고 해도?”

“응. 만약 지금 고백을 주고받아 연인이 된다고 쳐도…… 그럼 내가 정말 널 좋아해서 사귀는 건지, 아니면 그저 네 몸이 목적이라 고백을 받아들인 건지, 히요리는 알 수 없잖아.”

“……!!”

히요리의 눈이 크게 떠졌다. 미안함과 고집스러운 진심을 담아, 나는 그녀에게 내 의지를 확실히 전했다.

“난 우유부단한 놈이라 옆에 계속 있으면 분명 널 헷갈리게 할 때가 올 거야. 그때 네가 ‘처음부터 날 좋아한 게 아니라 몸이 목적이었나?’라고 의심하게 만들고 싶지 않아. 그리고 이건 내 치졸한 자존심인데…… 코우마 녀석이랑 똑같은 취급을 받고 싶지도 않아. 네 얼굴과 몸만 탐내는 남자로, 적어도 너한테만큼은 절대로 그런 사람으로 기억되고 싶지 않아.”

“……그렇구나. 그렇지. 응, 맞아. 유스케는 이런 사람이었지……!”

히요리의 표정에는 기쁨과 슬픔이 묘하게 섞여 있었다. 하지만 목소리만큼은 충분히 납득했다는 듯 떨리고 있었다. 용기 낸 그녀를 밀어낸 게 못내 미안해져 나는 사과를 덧붙였다.

“미안. 패기 없는 남자라…….”

“아니야. 유스케는 조금도 나쁘지 않아. 요시히데에게 버림받은 날 격려했을 때, 유스케가 그런 말을 했잖아. 몸으로 유지하는 관계는 연인이 아니라고……. 나도 알고 있었어. 유스케랑 천천히 친해지고 싶었어. 그런데 상황이 이렇게 되니까…… 어쩌면 신이 기회를 주신 게 아닐까 하고, 잠시 헛된 생각을 했나 봐.”

이전에 내가 한 말을 언급하면서 히요리가 대답했다.

폭 소리와 함께 자세를 바꿔 천장을 올려다본 그녀가 자조 섞인 목소리로 말을 이었다.

“변명처럼 들릴지도 모르겠지만…… 트라우마가 된 것 같아. 요시히데가 했던 그 말.”

“……버림받기 싫으면 가슴 정도는 만지게 해달라던 거?”

"응……. 그런 걸 허락하지 않으면 또 버림받을지도 모른다는 생각에 자꾸 불안해져. 그래서 이렇게 단둘이 있는 기회에 내 마음을 확실히 보여주면, 어떻게든 우리 관계를 붙잡아 둘 수 있다고 생각했어. 아니, 오히려 '그런 것'조차 하지 않으면 유스케도 내 곁을 떠날지 모른다는…… 그런 실례되는 생각까지 해버렸어."

"……괜찮아. 괜찮으니까 너무 불안해하지 마."

"응…… 고마워."

충분히 친해졌다고 생각했다. 조금씩 서로를 알아가고 있다고 믿었다. 하지만 정작 나는 히요리의 가장 깊은 곳에 맺힌 응어리에는 무심했던 걸까. 내가 생각했던 것보다 그녀는 코우마에게 깊은 상처를 입었고, 마음속엔 날카로운 트라우마가 박혀 있었다.

애처롭게 불안을 토로하며, 상처 때문에 이런 극단적인 유혹까지 해버렸노라 고백하는 그녀를 보며 나는 다짐했다. 지금 내가 해야 할 일은 단 하나였다.

"……**내가 행복하게 해줄게.**"

"어……?"

갑작스러운 내 선언에 히요리가 놀란 눈으로 나를 보았다. 조금 전과는 입장이 반대가 되었다고 생각하며, 나는 부드러운 미소를 지은 채 그녀의 눈을 똑바로 응시했다.

"분명 자신도 모르는 상처들이 아직 많이 남아있을 거야.

소꿉친구였고, 연인이었던 녀석에게 배신당했으니 당연한 일이지. 그 상처가 전부 아물 때까지 내가 곁에서 행복하게 해줄게. 전부 다 지나간 일이라고 웃으며 말할 수 있을 때까지 노력할게."

"유스케……!"

"시간이 얼마나 걸릴지는 모르겠지만, 네가 그 녀석을 완전히 떨쳐내고 전부 웃어넘길 수 있게 되면…… 그때 제대로 내 마음을 전할게. 그러니까 조금만 더 기다려 줘."

"……응. 고마워, 유스케."

어둠 속이라 잘 보이지 않았지만, 히요리의 눈가에 눈물이 맺힌 듯했다. 기뻐 보이는 그녀의 미소를 지켜줄 수만 있다면 무슨 일이든 기꺼이 해낼 수 있을 것 같다고, 나는 진심으로 생각했다.

"있잖아…… 손 좀 내밀어 줄 수 있어? 아! 이상한 뜻 아냐! 그냥 이불 밖으로 손 좀 내밀어달라는 거야! 좀 무서워서…… 손 좀 잡아줬으면 좋겠어."

대화가 일단락될 무렵, 히요리가 조심스레 또 다른 부탁을 건넸다. 오해받을까 봐 황급히 진심을 덧붙이는 그녀의 모습이 귀여워, 나는 웃음을 지으며 손을 뻗었다.

"당연하지. 자, 여기."

"에헤헤…… 고마워."

우리 두 사람의 이불이 맞닿은 경계선. 그녀의 손이 닿기 편한 곳에 내 손을 두었다. 히요리는 수줍어하면서도 내 손 위에 자기 손을 겹쳐 꼭 쥐었다.

"후훗…… 크다, 유스케 손. 엄청나게 안심돼……."

히요리는 내 손가락 마디마디 사이로 자기 손가락을 얽어 넣으며 힘주어 쥐었다. 친구 사이라기엔 너무 깊게 깍지를 끼고 있었지만, 오늘만큼은 굳이 지적하지 않기로 했다. 대신 작고 따스한 그녀의 손을 감싸 안듯 나도 힘을 주어 맞잡았다.

꼬옥, 부드러우면서도 단단한 온기가 전해지자 히요리는 정말 행복한 미소를 지었다.

"그럼 이번에야말로 진짜 잘까? 사실 좀 떨려서 잠이 올지 모르겠지만."

"아하하! 나도 마찬가지야! 그래도…… 최대한 이렇게 있고 싶어."

나 역시 같은 마음이었기에, 대답 대신 그녀의 손을 살짝 더 세게 쥐었다.

또 미소 지어준 히요리가 똑같이 내 손을 쥐고…… 그렇게 함께 웃은 우리는 서로 바라보면서 말했다.

"잘 자, 히요리."

"응. 잘 자, 유스케."

그 말을 마지막으로 우리 사이에 정적이 흘렀다.

덜컹거리며 비와 바람을 맞는 창문이 시끄럽지만……

작은 히요리의 손을 쥐면서 오늘은 좋은 꿈을 꿀 수 있을
것 같다.

"으, 으음……!"
조금씩 졸음에서 의식을 각성시키면서 천천히 눈을 떴다.
어젯밤 그렇게 거세게 흔들리던 창문이 미동도 없는 걸
보니 비바람은 완전히 멎은 모양이었다.
"으음, 흐아아……음~……?"
내 옆에서 졸린 듯한 귀여운 목소리가 들렸다.
잠시 후 부스스 몸을 일으킨 히요리에게 미소를 지으며
인사를 건넸다.
"안녕, 히요리."
"음? 응뉴…… 안녕, 유스케……."
아직 약간 졸린 듯, 히요리가 눈을 비볐다.
그러다 퍼뜩 제 오른손을 내려다보더니, 밤새 내 손을
꼭 맞잡고 있었다는 사실을 뒤늦게 알아차린 듯했다.
"훗, 후후훗! 결국 아침까지 이러고 있었네."
"그러게. 좀 쑥스럽다."
어제 나눈 대화를 떠올리고 서로 쑥스럽게 웃으며 손을
놓았다. 조금 아쉽지만 언제까지고 이러고 있을 순 없으
니…….
분명 용기만 낸다면 언제든 다시 잡을 수 있을 거다.

"으~ 난 자고 일어난 모습 보여주는 게 더 부끄러운 것
같아. 머리도 다 뻗치고 못생겼을 텐데."

"아냐, 전혀. 히요리는 언제 봐도 귀여워."

"에헤헤~! 유스케, 이제 그런 말도 할 줄 아네!"

기쁜 듯이 웃은 히요리가 머리를 긁적이면서 말했다.

그녀를 따라 일어난 나는 히요리와 함께 세면대로 가서
순서대로 세수하고 이를 닦았다.

"칫솔까지 새 걸로 꺼내주고…… 이래저래 미안해."

"신경 쓰지 마. 어차피 여분 많으니까. 아, 빗이랑 드라
이기도 쓸래?"

"응, 이따가! 그건 그렇고…… 음, 머리카락이 진짜 많이
길었네. 앞머리가 자꾸 찔러."

거울을 보며 머리를 만지작거리는 히요리를 보니, 확실
히 처음 만났을 때보다 머리카락이 많이 자라 있었다. 짧
은 단발이었던 검은 머리는 이제 숱도 많아지고 제법 길어
보였다.

"듣고 보니 그렇네. 조만간 자르러 갈 거야?"

"음~ 그러고 싶긴 한데, 지금 자르면 괜히 '요시히데한테
차여서 마음 정리하려고 잘랐다'는 소리 들을까 봐 싫단 말
이지……."

"그럼 그냥 길러볼래?"

"그건 그거대로 시무라랑 비슷해지려고 발버둥 친다고

생각할 것 같아서 싫어. ……아! 지금 속으로 귀찮은 여자라고 생각했지?!"

"아냐, 그런 생각 안 했어. 여자애들한테 머리카락이 얼마나 중요한 건지 생각했을 뿐이야."

쓴웃음을 지으며 히요리의 말을 부정했다. 상황이며 타이밍이며 신경 써야 할 게 참 많겠구나 싶었다. 코우마의 존재가 여전히 그녀 마음 한구석에 그림자를 드리우고 있다는 걸 다시금 실감할 때쯤, 어머니가 얼굴을 내미셨다.

"안녕, 히요리. 덤으로 유스케도."

"안녕하세요, 마리에 아주머니!"

"저기, 친아들을 덤 취급하는 건 어머니로서 좀 어떨지 싶은데."

"히요리 옷은 다 빨아서 말려뒀어. 언제든 갈아입으렴."

"감사합니다. 그럼 일단 속옷만이라도 입을까……."

내 항의는 가볍게 무시하고 히요리와 대화를 마친 어머니는 그대로 자리를 비켜주셨다. 히요리도 옷을 챙겨 내 방으로 사라지자, 그녀의 뒷모습을 멍하니 바라보던 나에게 어머니가 넌지시 말을 거셨다.

"좋은 밤 보낸 모양이네. 허튼짓도 안 한 것 같고, 일단 안심이야."

"그렇게 걱정됐으면 애초에 반대하면 되잖아."

"내가 인제 와서 너를 걱정했겠니? 여자애를 함부로 대할 사람으로 키운 기억은 없어. 내가 걱정한 건 히요리야. 어제 표정이 좀 어두워 보여서 마음이 쓰였는데, 오늘 아침엔 한결 개운해 보여서 다행이네."

역시 어머니는 예리했다. 어젯밤 히요리가 품었던 불안과 초조함을 이미 간파하고 계셨던 거다. 그리고 아들을 믿었기에 단둘이 있게 해주셨다. 덕분에 깊은 대화를 나눴고 마음의 짐도 덜 수 있었다. 그 배려에 새삼 감사한 마음이 들었다.

"잘 해줘. 친구로서든, 그 이상의 관계가 되든."

"……말 안 해도 알아."

내가 그렇게 대답하자 어머니는 만족스럽게 웃었다.

그런 후. '냉장고 안에 있는 거 마음대로 써도 돼'라는 말만 남기고 다시 자기 위해 자기 방으로 들어갔다.

나는 우리를 배려해 준 어머니께 다시금 고마워하며, 부엌으로 가서 두 사람을 위한 아침 식사를 준비하기 시작했다.

"와아아?! 유스케, 아침까지 한 거야?!"

"응. 히요리의 입에 맞을지 모르겠지만 같이 먹자."

"고마워! 우와~! 엄청 맛있겠다!"

두껍게 자른 식빵과 베이컨과 계란을 얹은 접시와 우유를 따른 머그컵을 테이블 위에 뒀다.

그 타이밍에 옷…… 다시 말해서 속옷을 입고 온 히요리가 돌아와 내가 만든 아침밥을 보면서 눈을 반짝였다.

간단한 메뉴지만 이렇게까지 기뻐하니 만든 보람이 있다. 난 그녀와 마주 보며 아침밥을 먹기 시작했다.

"그럼 잘 먹겠습니다~! 하암! 으음~! 역시 맛있어!!"

"마음에 들어서 다행이네. 히요리, 식빵에 뭐 바를래? 잼이랑 마가린이랑 초콜릿 소스가 있어."

"음~ 그럼 딸기잼!"

"알았어. 역시 딸기를 좋아하는구나."

"케이크 뷔페에서도 많이 먹을 만큼 좋아해~! 유스케는 뭐 바를 거야?"

"나는 그때그때 기분에 따라 달라. 그래도 굳이 고르자면, 오늘은 없지만 마멀레이드를 좋아해."

"그렇구나! 그러면 우리 집도 하나 사둬야겠다. 유스케가 자러 왔을 때를 위해서!"

진심인지 농담인지 모를 히요리의 말에 우리는 마주 보며 즐겁게 웃었다. 어떤 잼을 바를지 고민하는 사소한 대화였지만, 그녀에 대해 하나 더 알게 되고 나를 더 보여줄 수 있다는 사실이 기뻤다. 덕분에 오늘의 아침 식사는 평소보다 훨씬 달콤하게 느껴졌다.

식사를 마치고 우유를 마시며 TV를 켜자, 어젯밤 이 부근을 휩쓸었던 폭탄 저기압이 완전히 물러갔다는 소식이 들려왔다.

창밖은 어제의 비바람이 거짓말이었던 것처럼 화창하게 갰고, 리포터는 오늘이 이번 주말 중 최고의 나들이 날씨라고 전했다.

'모처럼의 휴일, 영화 한 편 어떠신가요? 지금 바로 최신 영화 랭킹을 공개합니다!'

이윽고 매주 토요일 특집인 영화 순위 발표가 시작되었다. 우리는 나란히 앉아 수다를 떨며 화면을 응시했다. 화제의 신작과 애니메이션들이 소개되는 가운데, 3위 작품을 본 히요리가 눈을 빛냈다.

"아…… 저 영화, 전부터 궁금했었는데."

"흐음……."

최근 화제가 된 미스터리 영화였다. 얼마 전 단기 아르바이트를 했던 서점에 원작 소설이 깔린 걸 본 기억이 났다. 그때도 조금 호기심이 생기긴 했었는데…… 지금이 좋은 기회라는 생각이 들었다.

나는 TV를 보고 있는 히요리에게 툭 던지듯 물었다.

"그럼, 오늘 보러 갈래?"

"어? 정말? 그래도 돼?!"

"날씨도 최고라고 하잖아. 이왕 이렇게 된 거 기분 전환도 할 겸. 히요리, 오늘 시간 괜찮아?"

"당연히 괜찮지! 와아, 외박에 이어서 바로 휴일 데이트라니……!!”

스스로 놀랄 만큼 자연스럽게 데이트 신청을 하고 있었다. 어젯밤을 겪으며 나름의 각오가 생겨서일까. 내 대담함에 새삼 놀라고 있을 때, 히요리가 기쁜 듯 미소 지으며 말했다.

“……왠지 진짜 같다. 어제 타이가가 했던 말 말이야. 이렇게 아침 먹으면서 자연스럽게 데이트 약속 잡는 거, 꼭 부부가 된 거 같지 않아?”

“……그럴지도.”

사실 나도 똑같은 생각을 하던 참이었다. 쑥스러워서 차마 입 밖으로 내지는 못했지만, 히요리가 망설임 없이 말해준 덕분에 마음이 통한 것 같아 기뻤다.

“모처럼 데이트니까 예쁘게 꾸미고 나와야지! 일단 집에 가서 옷 좀 갈아입고 올게!”

“그래. 그럼 오후에 다시 만나는 걸로 하자.”

“오케이~!”

스마트폰으로 가까운 영화관의 상영 시간을 확인하고 제안하자 히요리는 힘차게 고개를 끄덕였다. 우리는 함께 설거지를 마친 뒤, 빌려줬던 옷을 정리하고 현관으로 향했다. 신발을 신던 히요리가 집을 나서기 직전, 나를 돌아보며 환하게 웃었다.

“오늘 정말 고마웠어! 아주머니랑 동생들한테도 인사 꼭 전해줘!"

"나도 즐거웠어. 조심해서 가고, 이따 보자."

"응! 이따 봐! 오늘 데이트 엄청 기대할게!!"

히요리는 손을 흔들며 현관 밖으로 나섰다. 문이 닫힐 때까지 그녀의 뒷모습을 배웅한 나는, 다가올 데이트에 대한 기대로 벅차오르는 가슴을 진정시키며 아직 잠든 동생들을 깨우러 방으로 향했다.

●

"좋았어! 오늘은 신나게 놀자~! 코우마 너도 즐기라고!!"

"물론이죠! 모처럼 선배들이 니시고 여자애들이랑 미팅을 잡아줬는데 즐겨야죠!"

기대로 가슴이 부풀어 올랐다. 인생 첫 미팅이라는 역동적인 이벤트를 앞두고 심장이 세차게 두근거렸다. 나는 들뜬 기분을 감추지 않고, 오늘 자리에 불러준 선배에게 연신 감사를 표했다.

"선배, 진짜 감사해요! 저 지금 너무 행복합니다!"

"하하하! 너 진짜 알기 쉬운 녀석이구나. 요즘 슬럼프인 것 같아 걱정했는데, 이렇게 기운차면 괜찮겠어."

"선배 덕분이에요! 연상 누님과 놀 수 있는데 슬럼프가 대수겠어요?"

그렇게 난 밝은 목소리로 선배에게 말했다.

선배 말대로 최근의 나는 확실히 슬럼프였다. 이유는 뻔했다. 히요리와의 관계 때문에 머릿속이 복잡했으니까. 얼마 전 밤, 히요리가 오가미 녀석과 집 앞에서 즐겁게 대화하던 모습이 자꾸만 잔상처럼 남았다. 따져보려고 라인을 보내고 전화를 걸어도 그 녀석은 전부 무시했다.

그런 답답한 기분으로 농구가 손에 잡힐 리 없다. 아니, 농구는커녕 다른 어떤 것에도 집중하지 못했다. 모든 일이 엉망이니 정신력도 너덜너덜해졌다.

연습 시합이 코앞인데 이대로라면 벤치 신세가 확정이다. 반 애들이나 니나한테는 장래의 에이스라며 온갖 허세를 다 부려놨는데, 주전에서 밀려나면 내 체면은 바닥으로 곤두박질칠 게 뻔했다.

난 조바심을 냈지만, 그런다고 잘 풀리는 것도 아니었다. 오히려 그 때문에 또 컨디션이 떨어졌고…… 빠져나올 수 없는 악순환에 돌입했다.

하지만 그런 지옥 같은 나날도 오늘로 끝이다! 오늘 반드시 새로운 여자 친구 후보를 낚아채고 말 거니까!

(장래의 에이스로 촉망받는 나를 걱정해서 미팅에 불러주다니, 선배에게는 아무리 감사해도 모자라!)

역시 난 **운이 좋다.** 이렇게 선배도 날 신경 써주고 있고, 니나도 내 기분 전환을 위해 미팅을 흔쾌히 허락했다. 유일한 걱정이었던 폭탄 저기압도 밤사이에 떠나갔다.

재능에 인복, 운까지 타고난 나라면 결국 모든 게 잘 풀릴 것이다. 히요리와의 관계도 금방 원래대로 돌아올 터였다.

싱글벙글 웃고 있는 나에게 선배가 주의를 주었다.

"거기 나오는 사람은 너에게는 전부 선배들이니까 예의 바르게 행동해라. 분위기 띄우는 건 막내인 네 몫이다!"

"알겠슴다! 근데 저만 인기 끌어도 화내지 마세요?"

"자신만만하기는~!"

선배들이 말하길, 오늘 오는 여자들은 나보다 한 살 연상이라고 한다. 즉, 매력적인 누님이 모여 있다는 뜻이다. 동급생인 여자 친구와는 다른 매력을 보여주지 않을까 하는 기대가 점점 커져만 갔다.

(헤헤…… 연상이면 가슴도 더 크려나? 히요리보다 더한 글래머가 나오는 거 아냐?!)

어제까지 느꼈던 불안은 이미 사라졌다.

히요리와 오가미의 관계? 신경 쓰이긴 하지만 내가 잘못 본 게 틀림없다. 만난 지 일주일 만에 그렇게 친해질 리가 없지 않은가. 히요리도 분명 속으로는 나를 기다리고 있을 것이다. 소꿉친구인 내가 아는 히요리는 그렇게 쉽게 마음을 바꿀 여자가 아니니까.

그러니 지금은 리셋이다. 니시고 누님들과의 미팅에 전력을 다하자.

거기서 괜찮은 애랑 눈이 맞으면 니나와 히요리에 이어 세 번째 여자 친구가 생길지도 모른다.

운 좋으면 오늘 바로 어른의 계단을 오를 수도⋯⋯! 그런 망상에 젖어 역으로 향하던 내 눈에 익숙한 뒷모습이 들어왔다.

"어? 저건⋯⋯!!"

십수 년을 봐온 작고 아담한 뒷모습. 틀림없는 히요리였다.

"선배, 잠시만요!"

"으엑?! 잠깐, 코우마?!"

선배에게 한마디 남기고 양해를 구한 나는 가볍게 뛰어서 약간 떨어진 곳에 있는 히요리에게 달려갔다.

나는 가볍게 뛰어가 히요리를 불러 세웠다. 이 타이밍에 마주치다니, 역시 하늘은 내 편이었다.

"야, 히요리!"

"어⋯⋯?"

뒤돌아본 히요리는 내 얼굴을 확인하자마자 노골적으로 인상을 찌푸렸다. 저 어린애 같은 고집도 지금은 너그럽게 봐줄 수 있었다.

"우연이네! 어디 나가?"

"⋯⋯보면 몰라?"

싫다는 태도를 전면에 드러내면서 나에게 대답하는 히

요리.

참 뻔한 고집을 부리고 있구나. 그걸 아직도 화내고 있는 건가.

난 히요리의 복장을 관찰했다.

레이스와 연한 꽃무늬로 자연스럽게 장식된 하얀 튜닉에 갈색 쇼트 팬츠. 어깨에는 파우치를 멨다.

움직이기 쉬워 보이는 복장이고 짐이 별로 없는 걸 보아 잠깐 쇼핑이라도 나가는 모양이었다.

귀여운 차림이지만 특히 눈길을 끄는 건 가슴 바로 아래를 묶은 끈이었다. 그 끈 덕분에 가슴이 강조되어 히요리의 로리 거유가 몹시 두드러졌다.

역시 히요리를 뛰어넘는 가슴은 좀처럼 없다. 설령 있더라도 임팩트는 히요리가 더 강렬할 거다.

"너 어차피 혼자 쇼핑이나 가서 배 터지게 먹을 생각이었지? 그러지 말고 나랑 놀자!"

"뭐? 내가 왜 너랑——!"

"우리 선배들도 있고, 다른 학교 여자애들도 오기로 했어! 여러 명이랑 섞여 놀면 너도 안 어색하고 좋잖아? 어때?"

전에는 오가미가 방해하기도 했고, 히요리도 거북한 상황에 둘이서만 있는 게 싫어서 거절한 거다. 하지만 오늘은 다르다. 여기에 오가미는 없고 선배들이나 니시고 여자들도 같이 있을 테니 어색할 일도 없다.

그렇게 히요리를 데리고 가서 선배들의 지원을 받아 기분을 풀어주고 화해할 수 있으면…… 모든 게 원래대로 돌아올 거다.

잘하면 히요리를 농구부 매니저로 앉혀서, 두 명의 여자 친구와 함께하는 장밋빛 농구 라이프를 즐길 수 있을지도 모른다.

행복한 상상에 입꼬리가 올라가는데, 히요리가 한숨을 내쉬며 대꾸했다.

"절대 싫어. 그리고 나 약속 있거든? 너 상대해 줄 시간 없으니까 비켜."

"야, 기다려 봐! 그런 뻔한 거짓말로 고집부리지 말고."

"거짓말 아니야. 제발 네 유리한 쪽으로만 망상하는 것 좀 그만해!"

"알았어, 알았어! 약속 상대도 여자애지? 그러면 걔도 같이 가자!"

"아니, 방해된다니까! 싫다고 했잖아! 한 번만 더 붙잡으면 소리 지를 거야!"

도망치려는 히요리의 어깨를 거칠게 잡아 돌렸다. 그 순간, 히요리에게서 묘한 위화감이 느껴졌다.

(뭐지? 평소랑 분위기가 좀 다른데……?)

난 빽빽 시끄럽게 말하는 히요리의 말을 흘려들으면서 그 위화감의 정체를 찾았다.

뭐, 상관없나. 일단 선배들이 있는 곳에 이 녀석을 데려
가면 그만이지.

그 순간, 어깨를 잡고 있던 내 손이 강한 힘에 튕겨 나
갔다.

"윽?!"

명백히 히요리가 아닌, 누군가의 크고 단단한 손이 내
팔을 움켜쥐었다.

고통 섞인 신음을 뱉으며 고개를 돌리자, 그곳엔 지금
가장 마주치고 싶지 않은 남자가 서 있었다.

"오, 오가미?! 네가 왜 또 여기 있어!"

"그건 내가 묻고 싶은 말인데. 며칠 전에 내가 분명히 경
고하지 않았나?"

하필이면 이 타이밍에 오가미라니. 방금까지 내 편이라
고 믿었던 신을 저주하고 싶어졌다. 오가미의 등 뒤로 쏙
숨어버리는 히요리의 모습에, 내 안의 분노가 폭발했다.

왜 저런 녀석 뒤에 숨어서 도망치려는 건데? 끓어오르는
질투를 담아 놈을 쏘아보며 내뱉었다.

"비켜, 오가미. 히요리는 오늘 나랑 놀러 갈 약속이라고!
방해하지 말고 꺼져!"

키는 이 녀석이 더 크지만 그게 어쨌다는 거냐.

운동부에도 들어가지 않은 이 녀석보다 내가 더 강할
거다.

나는 스스로를 다독이며 오가미를 위협했지만, 놈은 눈 하나 깜빡하지 않았다. 오히려 얼음장처럼 차가운 시선으로 나를 내려다보며 입을 열었다.

"……그런 한심한 거짓말은 그만두지 그래? 넌 히요리랑 약속한 적 없잖아."

"뭐? 네가 그걸 어떻게 알아!"

"내가 오늘 히요리의 약속 상대니까."

"……어?"

순식간에 거짓말이 들통나 당황했지만, 애써 기세를 꺾지 않으려 했다. 하지만 이어지는 상황이 내 사고 회로를 정지시켰다. 슬쩍 내려다본 히요리는 질렸다는 듯한 표정으로 나를 보고 있었고, 오가미의 말을 부정하지도 않았다. 그제야 이해가 갔다. 아까 그녀가 말한 약속 상대가 바로 이 녀석이었다는 것을.

"어? 뭐야, 잠깐……. 같이 노는 게, 같은 반 애들이 아니라 너희 둘뿐이라고?"

"그걸 굳이 너한테 설명해야 하나? 너야말로 일행을 기다리게 하는 중인 것 같은데."

오가미가 내 어깨 너머로 선배들을 가리켰다. 멀리서 우리를 지켜보는 선배들의 시선을 의식하자 등 줄기에 식은 땀이 흘렀다. 안색이 변해가는 나를 뒤로한 채, 오가미 뒤에 숨어있던 히요리가 쐐기를 박았다.

"이제 됐어, 유스케. 영화 시간 늦겠어. 저런 녀석은 내버려 두고 빨리 가자."

"잠, 잠깐! 아직 얘기 안 끝났──!"

떠나려는 히요리의 어깨를 붙잡으려던 순간, 아까 느꼈던 그 기분 나쁜 위화감의 정체를 깨닫고 말았다.

향기였다. 히요리의 머리카락에서 평소와 다른 향이 났다. 늘 쓰던 달콤한 향이 아니라, 전혀 다른 샴푸 향. 그리고…… 그와 똑같은 향이 눈앞의 오가미에게서도 풍겨오고 있었다.

이게 대체 어떻게 된 일이지? 왜 두 사람에게서 똑같은 향기가 나는 거냐고. 왜……?

설마, 하는 불길한 생각이 머리를 스쳤다. 절대로 그럴 리 없다고 부정하려 했지만, 손끝이 부들부들 떨려왔다.

(했나? 이 녀석들, 어제 정말로……?!)

묘하게 친밀해진 남녀에게서 나는 같은 샴푸 향기. 이건 어제 두 사람이 한 공간에서 밤을 지새웠다는 명백한 증거였다. 고등학생 남녀가 한 방에서 할 일이란 단 하나뿐이다.

믿고 싶지 않았다. 하지만 히요리가 오가미와──?!

"마, 말도 안 돼! 거짓말이야, 이건 거짓말이라고……!"

"미안하지만 우린 바빠서 이만. 너도 휴일 잘 보내라."

입술을 파르르 떨며 헛소리를 중얼거리는 나를, 오가미

는 벌레라도 보는 듯한 싸늘한 눈길로 훑고는 돌아섰다.
히요리와 함께 멀어져 가는 뒷모습을 보며, 나는 가장 미
워하던 녀석에게 소꿉친구를 완전히 빼앗겼다는 사실을
깨닫고 절망의 구렁텅이로 추락했다.

제8장 히요리와 휴일 데이트! 그리고——!

코우마와 예기치 못한 실랑이 때문에 기분이 조금 가라앉기도 했지만, 다행히 히요리와의 데이트는 더없이 즐겁게 흘러갔다.

전철을 타고 도착한 쇼핑몰 내 영화관에서 화제의 미스터리 영화를 감상했다. 역시 이름값을 하는 작품이었다. 두 시간 남짓한 상영 시간이 끝나고, 우리는 근처의 적당한 가게에 자리를 잡았다. 혹여나 주변 사람들에게 스포일러가 되지 않도록 조심하며, 인상 깊었던 장면에 대해 도란도란 감상을 나누었다.

한참 영화 이야기를 이어가던 중, 잠시 대화가 끊긴 사이 히요리가 내 차림새를 빤히 바라보며 입을 열었다.

"그러고 보니 유스케가 사복 입은 모습은 볼 때마다 신선하네. 집에서 편하게 입은 건 자주 봤지만, 이렇게 작정하고 외출하는 모습은…… 아, 아니다! 이번이 두 번째지?"

"그렇네. 처음 햄버거 사줬을 때도 사복이었으니까."

"창피해라. 그때는 경황이 없어서 제대로 못 봤는데…… 응, 지금 보니까 진짜 잘 어울린다. 깔끔하고 멋있어!"

"고마워. 여자애한테 그런 칭찬은 들어본 적이 없어서 좀 쑥스럽네."

내가 딱히 옷을 잘 입는 남자는 아니었지만, 적어도 옆에 선 히요리에게 부끄럽지 않을 정도의 차림새는 된 것 같아 안도했다.

검은 재킷에 하얀 후드티, 그리고 중채도의 회색 청바지와 심플한 스니커즈. 지극히 평범하고 수수한 조합이었지만 그녀에게 합격점을 받았다.

"히요리야말로 엄청 귀여워. 오늘 입은 것도 잘 어울려."

"에헤헤~! 고마워!"

입에 발린 소리가 아니라, 처음 만났을 때부터 생각했던 진심을 전하자 히요리는 기뻐하며 수줍어했다.

소매와 밑단에 반투명한 레이스가 달린 하얀 원피스(튜닉이라고 하나?)는 은은한 꽃무늬와 어우러져 그녀의 귀여움을 돋보이게 했고, 아래에 매치한 라이트브라운 쇼츠 덕분에 다리 라인이 훤히 드러나 있었다. 새삼 노출이 꽤 있다는 사실을 깨닫자 괜히 나 혼자 가슴이 두근거려 안절부절못했다.

"이 옷 꽤 마음에 들거든! 엉덩이 쪽을 가볍게 덮어주니까 체형 커버도 되고. 하지만 여기 허리끈을 안 묶으면 부해 보여서 자칫 뚱뚱해 보일 수 있는 게 고민이랄까?"

"아, 그런 고충이 있구나. 가슴이 크면 옷 고르기도 힘들겠네."

"맞아! 딱히 강조하려는 의도는 없는데, 옷 형태가 자꾸 이렇게 돼버리거든.”

실루엣을 잡기 위해 가슴 아래에 리본을 묶은 복장을 설명하는 그녀를 보며, 여성들의 패션 고민이 만만치 않음을 실감했다. 볼륨감 있는 체형이 가진 나름의 어려움을 이해하면서도, 내 눈에는 그저 사복 입은 히요리가 너무 눈부셔서 시선을 뗄 수가 없었다. 빤히 쳐다보는 내 시선을 느꼈는지, 그녀가 쑥스러운 듯 미소 지으며 투덜거렸다.

“정말…… 너무 쳐다보네. 에어컨이 있는데도 더워지려고 하잖아……!”

“아, 미, 미안…….”

“……그렇다고 싫다는 건 아냐. 진심으로 내가 귀엽다고 생각하는 게 느껴져서 기쁘기도 하니까.”

히요리의 솔직한 고백에 이번에는 내 얼굴이 화끈 달아올랐다. 오늘 이렇게 신경 써서 꾸미고 나온 것도 결국 나를 위해서였다는 사실을 새삼 확인하자, 가슴 한구석이 간질거렸다. 딸기 타르트보다 더 달콤한 공기에 질식할 것만 같아, 히요리가 서둘러 화제를 돌렸다.

“이, 이제 어디 갈까? 더 가보고 싶은 곳 있어?”

“음…… 아까 본 영화 원작 소설이 궁금해졌어. 서점 구경하러 갈래?”

“좋아! 시리즈물도 있고 만화판도 나왔다더라. 나도 궁금했어.”

그렇게 하기로 정한 나는 잔에 남아있는 아이스커피를 다 마셨다.

우리는 남은 아이스커피를 들이켜고 자리에서 일어났다. 시럽을 거의 넣지 않았는데도 커피가 왜 이렇게 달게만 느껴지는지 모를 일이었다. 가게를 나와 쇼핑몰 내 서점으로 향하던 중, 나는 길목에 있는 잡화점에서 무언가를 발견하고 발걸음을 멈췄다.

"으음……."

"왜 그래 유스케?"

의아해하며 다가온 히요리는 내가 보고 있는 물건을 확인하더니 눈을 동그랗게 떴다.

"헤어 액세서리? 이건 왜?"

"오늘 아침에 네가 했던 말이 생각나서. 머리카락이 좀 길어진 것 같다고 했잖아."

"아아……!"

자르기도 기르기도, 그렇다고 놔두기도 싫다던 그녀의 말이 떠오른 나는, 화려한 곱창밴드와 머리끈이 진열된 선반을 가리키며 덧붙였다.

"이런 액세서리로 살짝 이미지를 바꿔보는 건 어떨지 싶어서."

"그렇구나……! 확실히 그것도 괜찮네!"

패션이나 헤어 스타일링에는 문외한인 나였지만, 히요

리는 내 작은 배려를 무척이나 반갑게 받아들여 주었다.

잡화점 선반을 가볍게 훑어보던 그녀가 나를 올려다보며 씨익 미소 지었다.

"그럼 있잖아, 유스케가 골라줘. 나한테 잘 어울릴 것 같은 걸로."

"에엑?! 내가?"

"응, 네가."

갑작스러운 특명을 부여받은 내 등에 식은땀이 흘렀다. 여자아이의 생명이라는 머리카락에 꽂을 물건의 결정권을 위임받다니, 책임이 막중했다. 나는 동요를 감추려 애쓰며 필사적으로 선반을 훑어 내렸다.

"너무 화려한 건 좀…… 하지만 반대로 너무 수수한 것도 그건 그거대로……."

"……후훗!"

중얼중얼 고민하며 골머리를 앓는 나를 히요리는 재밌다는 듯 지켜보았다. 그 시선이 느껴질수록 나의 긴장감은 배가 되었다.

"조, 좋아. 이건 어때?!"

"오, 정했어? 보여줘, 보여줘!"

잠시 후, 난 심플한 오렌지색 머리핀을 골라서 집었다.

잠시 후, 나는 심플한 오렌지색 머리핀 하나를 집어 들었다. 긴장한 채 내밀자, 히요리는 히죽히죽 웃으며 고개를 갸웃거렸다.

"호오? 이게 유스케의 초이스입니까! 고른 이유는?"

"그게, 너무 튀지 않으면서도 히요리의 분위기에 잘 맞을 것 같아서. 오렌지색은 밝고 활기차니까 히요리에게 딱 이잖아."

"흐음~ 그렇구나? 좋은 이유네! 난 또 어제 본 내 속옷 색깔이 오렌지색이라 그런 줄 알았지!"

"푸흡?!"

히요리의 폭탄 발언에 성대하게 사레가 들렸다. 듣고 보니 그랬다. 사실 무의식중에 그 강렬한 이미지가 뇌리에 박혀 이 색을 고른 걸지도 모른다는 생각이 들자 얼굴이 화끈거렸다. 당황해서 다른 색을 고르려 했지만, 히요리는 기회를 주지 않았다.

"좋아! 그럼 사 올게!"

"아, 잠깐만! 모처럼이니까 내가 선물할게."

"어? 정말 괜찮아?"

"가격도 얼마 안 하고, 애초에 내가 제안한 거니까. 그러니까, 음…… 그런 걸로 하자."

근사한 멘트를 날리고 싶었지만 말이 꼬여 엉성하게 마무리되고 말았다. 다행히 히요리는 기쁘게 받아들여 주었다. 머리핀을 건네받아 계산을 마치고, 예쁘게 포장된 봉투를 다시 그녀에게 건넸다.

"고마워! 엄청 기뻐!"

"아하하…… 별것도 아닌데 뭘. 내 센스가 그렇게 좋은
지도 모르겠고……."

"아니야! 정말 기뻐!"

히요리는 머리핀이 든 봉투를 가슴에 꼭 품은 채 환하게
웃었다. 그 기쁨을 온몸으로 음미하던 그녀는 살포시 눈을
감고 속삭였다.

"유스케가 날 위해 열심히 고민해서 골라준 거잖아. 가
격보다도, 무엇보다도 나를 생각하며 골랐을 그 마음이 담
겨있는 게 정말 기뻐."

그녀는 다시 한번 봉투를 쥔 손에 힘을 주었다. 쑥스러
움에 몸 둘 바를 모르는 나를 향해, 눈을 뜬 그녀가 살짝
고개를 들어 바라보았다.

"정말 고마워. 유스케가 준 선물, 소중히 간직하며 쓸게."

"……응. 네가 좋아해 주니 나도 좋다."

쑥스러움에 내뱉은 대답은 평범했지만, 그 속에 담긴 내
마음만큼은 진심이었다. 진심으로 행복해하는 히요리의
얼굴을 보며, 나는 그녀를 웃게 만든 스스로가 조금은 자
랑스럽게 느껴졌다.

액세서리를 산 후에는 서점에 들러 아까 본 영화의 원작
과 만화판을 구경하며 시간을 보냈다. 쇼핑몰 구석구석을
어슬렁거리며 수다를 떨고, 목이 마르면 쉼터에 있는 자판

기에서 마실 것을 사고, 이야기하다가 나온 가게에 가서 또 즐겁게 시간을 보냈다.

어느덧 시각은 오후 6시. 노을의 붉은 빛과 밤의 어둠이 뒤섞여 오묘한 빛을 내는 하늘을 보며 우리는 역에 내렸다.

"아~ 진짜 재밌었다! 이대로 집에 가기 너무 아까워. 내일도 휴일인데 유스케네 집에서 하룻밤 더 자고 갈까?"

"아무리 그래도 그건 안 되지. 부모님도 걱정하실 테니까 오늘은 일찍 들어가."

"쳇~! 아쉽단 말이야~!!"

역을 나와 택시 승강장을 지나며, 우리는 누가 먼저랄 것도 없이 자연스럽게 그녀의 집을 향해 나란히 걸었다. 아쉬운 건 나도 마찬가지였다. 단 몇 분이라도 더 그녀와 이야기를 나누고 싶었다.

최대한 시간을 들여 천천히 걸으며 데이트의 여운을 즐기던 중, 히요리가 문득 미소를 지으며 입을 열었다.

"……유스케는 정말 다정하구나. 응, 참 다정해."

"그런가? 이건 그냥 내가 너랑 더 이야기하고 싶어서 바래다주는 거지, 100% 호의만으로 하는 건——."

"그게 아니라니까! 후훗, 자기 일에는 참 둔하다니까."

당연히 지금 이 상황을 말하는 줄 알았는데, 히요리는 키득거리며 부드러운 눈빛으로 나를 바라보았다.

"우리 키 차이도 꽤 나고 보폭도 다르잖아. 그런데 나,

걷는 게 전혀 힘들지 않았어. 유스케가 내 페이스에 맞춰주고 있다는 게 느껴졌거든.”

“그건…… 익숙해서 그래. 동생들이나 어머니랑 외출할 일이 많다 보니 그냥 몸에 밴 습관 같은 거야.”

“누군가를 배려하는 게 당연한 습관이 된 것, 그걸 바로 다정함이라고 하는 거야. 유스케는 겸손하게 말하지만, 그 배려는 분명 네가 가진 큰 장점이야.”

생각지도 못한 칭찬에 쑥스러움이 밀려와 슬쩍 시선을 피하며 뺨을 긁적였다. 히요리는 그런 내 반응이 즐거운 듯 미소를 띠며 이야기를 이어갔다.

“아직 유스케랑 알게 된 지 얼마 안 됐지만, 좋은 점은 잔뜩 알았어. 다정한 점도, 가족을 소중히 생각하는 점도, 누군가를 위해 노력할 수 있는 점도, 전부 멋지다고 생각해.”

“고, 고마워. 그렇게까지 말해주니 왠지 긴장되는걸.”

“후훗! 물론 아쉬운 점도 있지만. 자신감이 좀 부족한 점이라든가…… 남의 엉덩이 자국을 빤히 쳐다보는 섬세하지 못한 면은 조금 고쳐야 하지 않을까?”

“윽……!”

치켜세워졌다가 추락해 충격을 받은 나는 고개를 푹 떨궜다.

히요리는 악의 없이 하는 말이겠지만, 역시 아쉬운 부분을 지적당하면 아프다.

그러자 침울해진 나를 보며 그녀는 다시 다정하게 말을 덧붙였다.

"나는 유스케의 좋은 점도, 아쉬운 점도 알게 된 걸 정말 기쁘게 생각해. 좋아하는 농구 선수도, 식빵에 뭘 바르는지도, 어떤 옷을 입는지도…… 유스케를 하나씩 알아갈 때마다 자꾸 네가 좋아져. 그래서 유스케에 대해 더 많이 알고 싶어."

"히요리……."

"……이번에는 조급해하지 않을게. 너와도, 그리고 나 자신과도 똑바로 마주할 거야. 유스케가 진심으로 좋아할 수 있는 여자가 되도록 노력할게."

노을빛을 머금은 그녀의 미소는 눈부시게 반짝였다. 그 진심 어린 선언에 나 역시 내 마음을 실어 대답했다.

"……이미 충분해. 난 지금의 히요리가 좋아. 나도 히요리와 똑바로 마주하며 노력할게."

"그렇구나. 그럼 우리, 서로 좋아하는 거네……!"

"응, 그러네. 서로 좋아하고 있어."

참 신기한 관계라는 생각이 다시금 들었다. 서로 좋아하지만 아직 연인은 아니다. 친구라는 이름 아래 더 깊이 알고 싶어 하고, 그저 곁에 있고 싶어 한다. 지금도 충분히 히요리가 좋지만, 이게 끝이 아님을 안다. 그녀를 더 알아갈수록 이 마음은 더 깊고 단단해질 것이라고 확신했다.

그 뒤로 이어진 정적은 어색함 없는, 더없이 편안한 시간이었다. 히요리의 집 앞에 도착했을 때도 예전 같은 아쉬움이나 슬픔은 느껴지지 않았다. 그녀는 평소처럼 활기찬 미소로 작별을 고했다.

"이틀 동안 정말 고마웠어. 마리에 아주머니랑 동생들에게도 꼭 안부 전해줘."

"나야말로 즐거웠어. 언제든 또 놀러 와. 우리 가족 모두가 환영할 테니까."

인사를 마치고 대문을 지나 현관으로 걸어가는 히요리를 뒤로한 채 발걸음을 옮겼다. 몇 걸음쯤 걸었을까, 등 뒤에서 나를 부르는 목소리가 들렸다.

"유스케!"

뒤돌아보니 히요리가 다시 대문 앞까지 달려 나와 있었다. 세상을 다 가진 것처럼 행복한 미소를 지으며 손을 흔드는 그녀가 외쳤다.

"또 학교에서 보자!"

"……응. 또 학교에서 보자."

현관 안으로 사라진 그녀의 뒷모습을 보며 나지막이 대답했다. 모레면 다시 그녀를 만날 수 있다. 해도 완전히 저물어 사방엔 어둠이 깔렸지만, 내 마음은 밤의 풍경과는 반대로 환하게 빛나고 있었다.

다음에 만났을 때는 무슨 이야기를 할까? 아직 헤어진

지 몇 분도 안 지났는데 벌써 학교에서 히요리와 만났을 때를 생각하고 있는 자신의 들뜬 모습에 쓴웃음을 지으면서 나는 가족이 기다리는 집으로 걸어갔다.

●

——이번 주말은 최악이었다.

아니 최악 중의 최악이었다. 난 깊은 상처를 입고 많은 걸 잃었다.

그날, 선배들과 니시고 여자애들을 만나러 가던 길에 히요리와 마주친 것이 이 비극의 시작이었다.

신이 우리에게 관계를 회복할 기회를 줬다고 생각했다. 그러나 그 녀석의 기분을 풀어주면 관계가 원래대로 돌아갈 수 있다고 생각한 나의 희망은 처참히 무너졌다. 내게 찾아온 건 신이 아니라 악마였다.

히요리가…… 그 오가미 자식과 그런 사이가 됐을 줄이야. 서로를 이름으로 부르는 그 역겨운 친밀함, 나를 향한 그 얼음장 같은 태도, 그리고…… 똑같은 샴푸 향기.

그 녀석들은 한 거다. 나도 아직 니나와 아직인데, 그 녀석들은 이미 섹스했다!

히요리를, 내 여자 친구를, 소꿉친구를…… 오가미 자식에게 빼앗긴 거다.

그 사실을 마주한 순간부터 나는 제정신이 아니었다.

니시고 애들이랑 만난 후에도 내 머릿속은 온통 히요리와 오가미로 가득했다.

정신을 차려보니 미팅은 이미 개판으로 끝나 있었다. 선배들이 말하길, 내가 넋 나간 놈처럼 앉아만 있어서 분위기가 최악이었고 여자애들도 화가 나서 돌아갔다고 한다.

선배들도 ‘제대로 분위기 띄우라고 했는데’라거나, ‘널 부른 게 잘못이었다’며 내뱉듯이 말하고 날 두고 돌아가 버렸다.

혼자가 된 난 어느새 내 방에 있었고, 그대로 침대에 파고들어 흐느껴 우는 것밖에 할 수 없었다.

다음 날은 아침부터 농구부 연습이 있었지만 도무지 나갈 기분이 아니었기에 연습을 빠졌다. 니나와 고문인 타누마한테서 몇 번 연락이 왔지만 전부 무시했다.

아마 선배들에 의해 내 추태는 이미 부원 전체에 퍼졌을 거다.

누가 얼마나 이야기를 들었는지는 모르겠지만, 나의 평가가 뚝 떨어졌을 건 뻔하다.

컨디션은 바닥이고, 동료들의 신뢰도 잃었으며, 연습까지 무단으로 빼먹은 놈이 주전 자리를 차지할 수 있을 리 없다. 다음 시합은 벤치조차 앉지 못할 게 뻔했다.

반 애들과 니나에게 호언장담했던 게 떠올라 얼굴이 화

끈거려 죽을 것 같았다.

"히요리, 히요리, 히요리……!!"

이럴 때 평소라면 히요리가 곁에 있었을 거다. 나를 다독이고 격려하던 그 녀석이.

하지만 이제 그 녀석은 오가미에게 오염됐다. 난 그 비겁한 놈에게 여자 친구를 빼앗긴 거다.

"젠장! 히요리는 내 여자 친구고, 소꿉친구고, 내 소유였다고! 오가미 이 자식……!"

아무리 생각해도 말이 안 된다. 겨우 3주 만에 히요리가 몸을 허락할 리가 없다. 분명 오가미가 어떤 비열한 수단을 썼을 게 틀림없다. 그렇지 않으면 히요리가 저런 녀석한테 넘어갈 리가 없지 않은가.

나에게 차여 상처 입은 히요리의 틈을 타 교묘하게 파고든 게 틀림없다. 지금의 히요리는 오가미에게 세뇌당해 정상이 아니다.

내가 구해야 한다. 히요리를, 그 녀석을 원래대로 돌려놔야 한다.

오로지 그 생각만이 내 머릿속을 지배했다. 다른 건 이제 아무래도 상관없었다.

그래서 월요일 아침, 나는 또 연습을 빠지고 히요리의 집 앞에서 매복했다.

오가미의 방해 없이 그 녀석과 이야기할 기회는 이때밖

에 없다.

지금이라도 히요리를 정신 차리게 해서 원래대로 돌려놔야 한다. 나는 빼앗긴 여자가 어떤 말로를 맞이하는지 알고 있다.

이대로 두면 히요리는 이용만 당하다 버려질 게 뻔하다. 나는 소꿉친구로서, 그리고 진정한 남자 친구로서 내게는 그녀를 구할 사명이 있다.

나는 신경을 집중해서 히요리가 집에서 나오는 걸 기다리고 있었다.

아침 연습은 어쨌냐며 끈질기게 물어보는 할망구의 목소리를 무시하고 줄곧 기다리니, 그 녀석이 현관을 나서는 소리가 들렸다.

그 순간, 나는 튕겨 나가듯 달렸다. 타고난 신체 능력을 쏟아부어 1초라도 빨리 그녀에게 닿기 위해 질주했다. 앞서 걷는 그 가녀린 등을 향해, 나는 절규하듯 외쳤다.

"히, 히요리!"

조용히 걷던 히요리가 내 부름에 멈춰 섰다. 무심하게 뒤를 돌아보는 그녀의 모습에 나는 순간 숨을 들이켰다.

"……뭐야? 그보다 너 농구부 연습은 어쩌고 여기 있어?"

쌀쌀맞게 쏘아붙이는 히요리는 어딘가 달라져 있었다. 평소와 다름없는 보브컷이었지만, 조금 길어진 앞머리를 본 적 없는 오렌지색 머리핀으로 고정하고 있었다.

틀림없이 오가미가 준 선물일 거라는 확신이 드는 순간, 아찔한 현기증과 함께 머릿속에서 NTR 시나리오가 멋대로 재생되었다.

(변하고 있어……! 내 히요리가 오가미의 여자로 물들고 있다고!)

껄렁한 남자에게 넘어간 여자는 남자의 취향에 맞춰 외모부터 화려하고 저속하게 변해간다. 그러다 결국 원래의 청초함을 잃고 망가져 버리는 법이다. 오가미는 벌써 움직이고 있었다. 아주 사소한 변화였지만, 놈은 히요리를 제 취향대로 뜯어고치려 하고 있었다.

이제부터 조금씩 머리카락을 염색하거나 태닝을 시키며 히요리를 파괴하는 거다.

"뭐, 뭐야, 그 머리핀은……?!"

"뭐어……?"

되찾아야 한다. 막아야 한다. 히요리가 더 타락하기 전에! 나를 좋아하던 시절의 히요리로 되돌려 놓아야만 한다.

"전혀 안 어울려! 머리가 길었으면 자르면 그만이지, 이상하게 꾸미는 거야! 그딴 머리핀 방해만 되잖아? 당장 빼 버려!"

솔직히 말하자면 지금의 히요리는 정말 귀여웠다. 약간 긴 머리카락을 머리핀으로 고정해 평소의 귀여움은 간직하면서 어른스러운 매력이 늘어난…… 지금까지와는 다른 매력이 있었다.

하지만 인정할 수 없었다. 이건 오가미에게 더럽혀진 모습이다. 나만의 소유였던 히요리로 되돌려야 했다.

(화내란 말이야! 예전처럼 소리 지르고 싸우라고! 그러다 결국 나한테 사과하고 다시 화해해 줘. 예전의 히요리로 돌아와!)

그래, 여기서 히요리가 화내고, 말다툼하고, 적당히 사과하고, 사과의 표시로 뭔가 사주고…… 그러면 된다.

지금은 오가미의 방해도 없다. 둘이서만 이야기할 수 있다. 여태까지 그래왔던 것처럼!

그러면 오가미 따위는 잊고 다시 내 여자 친구가── 그렇게 생각하던 나에게 히요리는 무감정한 시선을 던지며 담담하게 말했다.

"……하고 싶은 말은 그게 다야? 그럼 나도 세 가지만 말할게."

"뭐……?"

평소처럼 빽빽거리며 소동을 피우는 대신, 히요리는 소름 끼칠 정도로 차분한 목소리로 말을 이었다.

"첫 번째. 이 머리핀, 내가 하고 싶어서 하는 거야. 그런데 왜 바람둥이 주제에 내 스타일에 구질구질하게 참견하는 건데? 가슴만 만지게 해주면 누구한테든 헬렐레하는 주제에, 무슨 낯짝으로 그런 소릴 해?"

“그, 그건……!!”

평소 싸울 때도 듣던 소리였지만 이번엔 무게감이 달랐다. 서늘한 표정과 논리적인 반박에 숨이 턱 막혔다. 내가 어버버하는 사이, 히요리가 두 번째 지적을 날렸다.

“두 번째. 너, 아직도 모르겠어? 오늘까지 네가 나한테 꼭 했어야 할 말을 안 했다는 거.”

“어……?”

머릿속이 하얘졌다. 히요리가 도대체 무슨 말을 하는 건지 도무지 갈피를 잡을 수 없었다. 혼란스러워하는 나를 보며 그녀는 ‘역시 그럴 줄 알았다’는 듯 비웃었다.

“너 말이야…… 바람피운 거 걸린 이후로 나한테 제대로 사과한 적 있어? 단 한 번이라도 진심으로 미안하다고 빌었냐고.”

“어? 앗……?!”

지난 며칠간의 기억이 주마등처럼 스쳐 지나갔다. 돌이켜보니 정말 그랬다. 말로도, 라인으로도 사과한 기억이 없었다. 하지만 궁지에 몰린 나는 무심코 본심을 뱉고 말았다.

“그건 네가 내 말을 들어줄 기회조차 안 줬으니까——.”

“기회? 오늘도 포함해서 네 번이나 대화했어. 그런데 넌 만날 때마다 헛소리만 늘어놨잖아.”

“하, 하지만 예전에는 굳이 사과 안 해도 금방 풀어줬잖아……!"

"……그래, 확실히 그랬지. 네 이해자인 척하면서 적당히 타협하고 넘어가 준 적이 많았어. 그건 내 잘못도 맞아."

"그, 그렇지? 그러니까──."

"하지만 그렇다고 네 죄가 사라지는 건 아냐. 덕분에 확실히 알았어. 너한테 바람피우고 날 배신한 건, 사과 한마디 없어도 그냥 흐지부지 넘어갈 수 있는 가벼운 일이었다는 걸."

"으……!"

이게 정말 내 잘못이란 말인가? 히요리도 제대로 사과할 기회를 주지 않았고, 예전에는 이보다 더한 일도 다 웃으며 넘겨줬지 않은가.

사실은 알고 있다. 내가 잘못했다는 것을. 하지만 자존심이 납득을 거부했고, 나도 모르게 해버린 말이 나와 히요리 사이에 더더욱 깊은 골을 만들었다.

"……그리고 세 번째. 이게 제일 중요해서 굳이 너랑 마주 보고 있는 거야. 토 달지 말고 똑똑히 들어."

이미 내 마음은 만신창이였다. 고작 3주 만에, 십수 년을 함께한 소꿉친구이자 연인이었던 히요리와 어쩌다 이 지경까지 왔는지 도무지 이해할 수 없었다.

히요리는 나를 똑바로 응시하며, 한 글자 한 글자 명료하게 고했다.

"나, 더는 너랑 말 섞고 싶지 않아. 그러니까…… 다시는
내 앞에 나타나지 마."

"뭐……?!"

"이제 너랑 난 남이야. 연인은커녕 소꿉친구도, 그냥 아
는 사이도 아니라고. 학교에서든 길거리에서든, 우연히 마
주쳐도 절대 아는 척하지 마. 알았어? 그럼 난 갈게."

일방적이었다. 너무나도 무자비한 절연 선언에 나는 숨
쉬는 법조차 잊은 채 굳어버렸다. 손끝에서부터 온몸이 차
갑게 얼어붙는 감각 속에서 멀어져 가는 히요리의 뒷모습
을 바라봤다.

(거짓말이야……! 말도 안 돼! 말도 안 된다고! 어떻게
우리의 십여 년이 이렇게 허무하게 끝날 리가 없어!)

겨우 3주라는 시간이 그 긴 세월을 집어삼켰다는 사실을
받아들일 수 없었다. 지금 당장 붙잡아야 한다. 제대로 빌
어서라도 예전으로 돌려놔야 한다는 조바심에 나는 떠나
가는 히요리를 향해 입을 뗐다.

"히, 히요——."

"너! ……내가 왜 목소리를 낮춰서 말하는지, 정말 모르
겠어?"

이름을 다 부르기도 전에 걸음을 멈춘 히요리가 뒤돌아
섰다. 순간적으로 커졌던 목소리를 다시 낮춘 그녀는 정말
질렸다는 듯 내 집 쪽을 가리키며 덧붙였다.

"아주머니 아직 집에 계시지? 이웃들도 다 깨어있을 시간이고. 내가 여기서 크게 소리라도 지르면 네가 무슨 짓을 했는지 온 동네가 다 알게 될 텐데…… 그렇게 되고 싶어?"

"……!!"

그렇다. 집에는 어머니가 있다. 근처에도 지금까지 우릴 지켜본 사람들이 있다.

만약 여기서 히요리가 큰 소리로 나에게 절연 선언을 하면 이웃들이 전부 알게 될 거다. 그리고 왜 그렇게 됐는지 물어보겠지. 그렇게 되면 내가 바람을 피운 게 모두에게 들통난다.

그런 일이 벌어지면…… 난 더 이상 바깥을 돌아다닐 수 없다.

"착각하지 마. 널 위해서 입을 다무는 게 아니야. 우리 부모님이랑 아주머니가 슬퍼하시는 게 싫어서 참는 거야. 하지만 내 경고를 무시하고 자꾸 다가오면…… 그땐 나도 용서 안 해."

"히, 히요리……."

"그리고 이름으로 부르지도 마. 아무 사이도 아닌데 이름으로 부르는 건 이상하잖아? 나도 그렇게 할 테니까 너도 그렇게 해."

"윽, 으으윽……!"

멀다. 히요리게 멀게 느껴진다. 불과 한 달 전만 해도 내 팔 안에서 웃고 있었고, 지금도 손만 뻗으면 닿을 거리에 있는데, 그녀는 닿을 수 없는 저 먼 별처럼 멀어져 있었다.

왜지? 어째서지? 뭐가 잘못된 거지? 어디서 실수했지?

예전 같았으면 용서했을 텐데, 고작 잠깐 떨어져 있었을 뿐인데, 왜 이렇게 됐지……?!

"……그럼 진짜 작별이네. 잘 가, **코우마**."

"아, 아아……! 으아아아아……!"

히요리는 그 말을 끝으로 다시는 돌아보지 않았다. 날 두고, 먼 곳으로 가버린다.

그 뒤를 쫓을 수도 없는 나는 그저 당황하고, 한탄하고, 신음하면서…… 히요리에게 바람피운 걸 들켜서 주스를 뒤집어썼을 때처럼 멍하니 고개를 떨굴 수밖에 없었다.

종장 곁에 있어. 널 반드시, 행복하게 해줄게

학교 현관을 지나 계단을 올랐다. 긴 듯하면서 짧은 복도를 걸어 교실 문을 열었다.

평소 익숙한 풍경, 평소의 학교…… 특별한 것 없는 일주일의 시작이지만, 전혀 변화 없이 똑같은 일상이란 존재하지 않는다.

교실 문을 열고 내 자리로 가는 도중 여자애들이 꺅꺅대는 모습이 눈에 들어왔다.

그 중심에 내가 그토록 보고 싶어 했던 그녀가 있다. 내 시선을 알아챈 여자애들이 말을 걸었다.

"아, 호랑이도 제 말 하면 온다더니! 안녕, 오가미!"

"자, 히요리! 주인공이 오셨어!"

"알고 있다니까! 제발 분위기 좀 이상하게 만들지 마, 정말……!"

친구들은 히요리를 내 앞으로 떠밀고는 히죽거리며 슬쩍 자리를 피해 주었다. 즐거워 어쩔 줄 모르는 그녀들의 태도가 무엇을 의미하는지, 내 앞에 선 히요리를 보는 순간 단번에 이해할 수 있었다.

"어, 음…… 안녕, 유스케."

"안녕, 히요리. 헤어스타일, 바꿨네."

"으, 응……! 모처럼이니까 유스케한테 받은 선물을 써 보고 싶어서…….”

평소와 비슷하면서도 약간 다른 헤어스타일.

짝 길어 내려온 앞머리를 고정하고 있는 건 다름 아닌 내가 선물한 오렌지색 머리핀. 소중하게 사용해 주고 있다는 사실에 내 입가에도 자연스레 미소가 번졌다.

“어, 어때? 사실 잘 어울리는지 조금 불안한데…….”

“아니, 정말 잘 어울려. 귀엽고, 왠지 조금 어른스러워 보여.”

“저, 정말? 에헤헷, 다행이다……!”

불과 며칠 전과는 또 다른 매력을 뽐내는 히요리가 기쁜 듯 수줍게 웃었다. 그 화사한 미소에 마음을 뺏겨 있을 때, 구경하던 친구들이 다시 대화에 끼어들었다.

“잘됐다, 히요리! 오가미가 마음에 든 것 같은데?”

“이 헤어스타일 진짜 귀엽지? 그래도 뭐, 사이즈가 전혀 귀엽지 않은 폭탄이 두 개나 달린 건 여전하지만.”

“놀리지 말라니까! 딱히 그런 거 아니거든!”

“정말~? 벌써 둘 사이에 숨길 수 없는 핑크빛 분위기가 감도는데?”

“진짜 아니야! 나랑 유스케는 그냥 친구라고!”

여자애들은 마치 범인을 추궁하는 형사처럼 나를 향해 시선을 돌렸다.

"나나세 피고는 저렇게 주장하는데, 오가미 군은 어떻게 생각합니까?"

마치 인터뷰어처럼 나에게 질문한 여자애에게 조금 압도됐지만…… 바로 헛기침을 하고 마음을 다잡았다. 그리고 나를 향한 기대 섞인 시선들을 향해 쓴웃음을 지으며 대답했다.

"히요리 말이 맞아. 우린 그냥 친구야."

한 점 거짓 없는 현재의 우리 관계다. 말로 설명하기 어려운 이 묘한 거리를 표현하기엔 그보다 적절한 단어는 없었다. 다만, 이대로 끝내기엔 조금 아쉽다는 생각이 들어 낙담하려던 여자애들에게 살짝 덧붙였다.

"——**지금은** 말이야."

"오오?! 오오오오~?!"

"들었어?! 이거 엄청난 폭탄 발언 아니야?!"

"유, 유스케?! 잠깐만, 무슨 소리를——?!"

교실이 떠나갈 듯 환호하는 여자애들 사이에서 히요리는 얼굴을 새빨갛게 물들인 채 당황했다. 그녀는 어깨를 으쓱해 보이는 나를 원망스럽다는 듯이, 하지만 한편으로는 숨길 수 없는 기쁨이 서린 눈으로 바라보았다.

"정말, 그런 소리를 아무렇지도 않게 하고……! 나중에 애들한테 질문 공세 받아도 난 모른다?"

볼을 부풀리면서도 입가엔 미소가 걸린 히요리. 그 모

습을 보며 나는 다시 한번 마음속으로 굳게 맹세했다. 이 '친구'라는 관계가 언제 마침표를 찍을지는 모른다. 하지만 그날이 오기까지도, 그리고 그날이 지난 후에도 나는 그녀를——.

"……있잖아, 히요리."

"응? 왜?"

여자애들이 흥분해서 자기들끼리 떠드느라 정신이 팔린 틈을 타, 나를 올려다보는 그녀에게만 들릴 작은 목소리로 내 맹세를 전했다.

"행복하게 해줄게, 반드시. 히요리가 쭉 웃으면서 있을 수 있도록."

"……!!"

내가 한 그 말에 히요리가 눈을 동그랗게 뜨고 놀랐다.

시선을 피하고 볼을 붉힌 그녀는 미소를 지으면서 작은 목소리로 이렇게 대답했다.

"이, 이러면 그…… 프러포즈 같잖아……."

듣고 보니 그럴지도 모른다고 생각한 나는 얼버무리듯이 웃었다.

동시에 지금 한 약속이 거짓말이 되지 않도록 앞으로도 그녀와 계속 걸어가자고…… 천천히, 조금씩, 서로를 알아가자고 생각하면서, 난 정말 좋아하는 사람의 미소를 줄곧 바라봤다.

후기

이 책을 사주셔서 감사합니다. 저자인 카라스마 에이입니다.

갑작스럽지만 전 키 차이가 나는 커플이 좋습니다. 여자가 작지만 글래머에 엉덩이도 크고 남자 친구를 휘두르는 아이라면 더욱 좋습니다.

하지만 아마도 제가 가장 좋아하는 건 평소엔 물렁한 남자가 좋아하는 여자를 위해 열심히 노력하는 모습이라 생각합니다.

그런 저의 취향…… 다시 말해서 성벽을 마음껏 담아 만든 게 이 소설입니다.

그래서 이렇게 여러분에게 제 취미를 책으로 만들어 공개하는 것에 약간 부끄러움을 느끼기도 합니다.

하지만 이렇게 사랑을 담아 만들어 낸 캐릭터와 이야기를 책으로 엮어 여러분에게 전하고 많은 분이 봐주시는 것은 저자로서 기쁜 일입니다.

카쿠요무에 투고하기 시작한 때부터 지금까지 응원해주신 독자 여러분께도 '해냈습니다!'라고 보고할 수 있어서 기쁠 따름입니다.

여러분 덕분에 여기까지 올 수 있었습니다. 정말 감사합니다.

히요리와 유스케와 같은 이 작품의 캐릭터를 더욱 매력적으로 만드는 멋진 일러스트를 그려주신 루카와 선생님께도 진심으로 감사를 전합니다.

모두 귀엽고 각자의 매력이 있어서 정말 최고입니다!

히요리와 유스케와 모두를 훌륭하게 그려주셔서 감사합니다!

이렇게 졸작을 출판해 주시고 선전도 해주신 판타지아 문고와 편집자분도 정말 감사합니다.

불러주셔서 정말 기뻤습니다. 개고와 가필 부분에 대한 조언도 포함해서 정말 신세 많이 졌습니다.

가능하다면 또 여러분께 인사할 수 있으면 좋겠지만…… 성급한 이야기니 이 이상은 그만하겠습니다.

그럼 마지막은 카쿠요무에서 항상 하는 인사로 닫겠습니다.

지금까지 읽어주셔서 감사합니다! 또 어딘가에서 만날 수 있는 날을 기대하고 있습니다! 키 차이 러브 코미디와 로리 거유 최고!!

쪼그맣고 커다랗고 귀여운 나나세를 착각 전남친한테서 빼앗아 행복하게 한다 1

2026년 2월 15일 1판 1쇄 발행

저　　　자 카라스마 에이
일 러 스 트 루카와 네기
옮　긴　이 박정철
발　행　인 유재옥
이　　　사 조병권
편　집　부 정영길 박치우 조찬희 이소의 정지원 최유정 김혜주
디 자 인 랩 팀 김보라 전세연
디지털사업팀 김지연 윤희진 장혜원
라이츠사업팀 김정미 유아현
영업마케팅팀 최연욱 김민
물　류　팀 백철기
경영지원팀 최정연
인 쇄 제 작 처 ㈜코리아피엔피
발　행　처 ㈜소미미디어
등　　　록 제2015-000008호
주　　　소 서울시 마포구 토정로222, 502호 (신수동, 한국출판콘텐츠센터)
판매 및 마케팅 (070) 8822-2301

ISBN 979-11-384-8972-0
ISBN 979-11-384-8971-3(세트)